サラは銀の涙を探しに

プロローグ　失　踪

幾重にもつらなった松の木のあわいから、朝焼けの紅《あか》がこぼれている。

北森七海《きたもりななみ》は春の朝を思い切り胸に吸い込み、一気に吐いた。

七海は半袖《はんそで》のシャツの上に黄色のパーカーを羽織り、下にはショートパンツとサンダルを合わせている。朝帰りの不良娘みたいだけれど、人目がないから気にはならない。

ただひたすらに歩く。

七海が歩いているのは、三保《みほ》の松原である。駿河湾《するがわん》に突き出た、静岡県の三保半島にある景勝地。三万本を超える松の木が浜辺を七キロにわたって埋め尽くす、松の海とも呼べる場所。海岸線から北に目を向けると、その先に富士が浮かぶ。松原、砂浜、富士といった日本的原風景が姿を現すのだ。

七海が三保にいるのは観光のためではない。今日この地で、千秋《せんしゅう》の思いで待った対局が行われるからだった。

女流天衣戦《てんいせん》――。

棋士を目指し、今年で十八歳になった七海は、初めて参加した女流棋戦で勝ち進み、挑戦者としてこの場所に立っていた。

タイトル保持者は、同じく今年で十八歳になる護池《ごいけ》サラである。

ブラジルから来た金髪碧眼《きんぱつへきがん》の彼女は、将棋の天才だった。彼女は他者と上手《うま》く会話ができず、来日後、小学校にさえまともに通えなかった。それでも、十二歳で女流プロになり、十三歳の若さで女流名人になったのである。七海は幼い頃から全力で取り組んできたにもかかわらず、将棋を始めてたった一年の彼女に追い抜かれてしまった。そして、無惨な負けを重ね、勝負の世界から逃げ出していた。

——私はもう、この世界で一番にはなれないんだ。

それまでの人生において、いつも一番で、挫折《ざせつ》をしたことがなかった七海は、彼女との才能の差に絶望し、一度は将棋をやめていた。

それでも諦《あきら》めきれなかったのは、盤上での彼女の輝きに魅せられたからに他ならない。サラが女流棋界の第一人者として天の道を往《い》き続けている間、七海は奨励会で男の子達に交じり、地を這《は》いながらあがき続けてきた。

そうして、今回、初めてチャンスを摑《つか》んだのである。

天才、宿敵《ライバル》、倒すべき相手、壁、戦友、同業者。様々な言葉が浮かんでは消える。彼女は一体何者なのか？　いくら横顔を眺めても、棋譜を並べてもわからない。七海は彼女を知りたい。だから戦う、挑戦する。

浜を北に進み、さざ波が足元を濡《ぬ》らす護岸ブロックの前から、富士山に手を合わせる。

そして、小さく伸びをして、海に浮かぶ太陽に目を細めた。

「『もぐらだって空を飛びたい』……ね」

自然と、父に教えられたフレーズが口をつく。

――人は何をしでかすかわからない。人は変わる。とんでもない場所に行ける。

波が思いをさらい、そのまま太陽まで届けてくれればいいのに、と七海は思った。


浜辺から引き返し、羽車神社《はぐるまじんじゃ》の前で立ち止まる。小さな祠《ほこら》の隣には、枝葉を切り落とされた松の残骸《ざんがい》が立っていた。それは樹齢六百五十年と言われる「羽衣《はごろも》の松」の朽ちた姿だった。樹齢六百五十年ということは、現行ルールの将棋が成立した時よりも前から立っていたことになるのだろう。別の若い松に「羽衣の松」の名を譲り、世代交代を果たしたことは、棋士達の栄枯盛衰を連想させられる。役目を終えたとは言え、その神々《こうごう》しさは健在だった。

七海は元々、勝負の前に験《げん》を担がない。東京の将棋会館で対局がある時も、目の前にある鳩森神社《はとのもりじんじゃ》を素通りしていた。でも、今日の相手は護池サラ。神木に挨拶《あいさつ》し、神の道と言われる松並木を通って、もう一つ別の神社にも手を合わせる予定なのだ。

「タイトル戦に勝つためには、まず周辺の神仏を味方につけなければなりません」

なんて真顔で言う棋士を「大の大人なのに、なんかかわいいな」と鼻で笑っていたことのある七海だが、当事者になって初めてその気持ちがわかった。

三保の羽衣伝説は、天衣戦のモチーフにもなっている。

『麗《うら》らかな春の朝、三保の松原に住む漁師・白龍《はくりよう》は、松の枝に美しい衣が掛かっているのを見つける。持ち帰って家宝にしようとするが、天女《てんによ》が現れて声をかけ、羽衣を返して欲しいと頼んでくる。白龍は悲しみに暮れる天女の姿に感動し、天女の舞を見せて貰《もら》うことを条件に、羽衣を返すことにする。羽衣を身に着けた天女は、すばらしい舞を見せ、やがて富士の高嶺《たかね》を遥《はる》か越え、霞《かすみ》にまぎれて消えていった』

この時、天女が羽衣を掛けたのが、目の前の松だったというわけだ。

見事、女流天衣のタイトルを獲得した勝者は、この松の前で羽衣を身に着けて、記念撮影を行うことになっている。記念というよりも、コスプレによる公開罰ゲームと言えよう。ただ、昨年の写真を見る限り、サラだけは例外だったようだ。金髪碧眼の天女は、ファンタジーの世界から抜け出してきたような荘厳さと霊性を纏《まと》っていた。すぐにでも不思議な舞と共に、天に昇ってしまいそうな雰囲気を湛《たた》えている。ぞくりと来た。彼女ほど、天衣というタイトルが似合う女性はいないのかもしれない。でも、そんなのは関係ない。奪い取って、不格好ながらも自分が衣を纏うのだ。

目を閉じて、羽衣の松に手を合わせる。

――勝てますように。……自分の力が出せますように。


心なしか、逸《はや》っていた胸も落ち着いてきたような気がして、ゆっくりと目を開けた。

瞬間、視界の隅を何かが横切っていくのが見えた。

白いワンピースに裸足《はだし》の少女。長い金色の髪が海風に流れ、なびいている。

サラだ。護池サラ。

七海がいるのに気付いていないのか、彼女はそのまま浜に進んでいく。彼女も七海と同じように、早く起き過ぎて、いてもたってもいられなくなったのだろうか。

どこか寝ぼけたようにふらふらとしており、小さな背中が寂しげに映る。

サラは突然、立ち止まって振り返ると、何か物欲しげに、羨《うらや》ましそうに七海を見つめてきた。

――羨ましいのはこっちのほう。それ以上、何が欲しいのよ。

七海は心の中で呟《つぶや》く。

お互い何も言わず、距離を開けたまま、見つめ合う。

松原には、俄《にわ》かに朝霧が立ち込め始めている。先程までは少々霞《かす》んでいる程度だったが、十メートル先が見えないほどに濃くなりつつあった。

彼女のワンピースが霧の中に消える。白く視界が遮《さえぎ》られていく。

「わたしね……銀の涙を探しに……」

息を漏らすように発せられる囁《ささや》き声が、霧の向こう側から聞こえてきた。

――銀の涙。

サラ特有の造語だろうか。

そしてもう一声。

「ううん……さよなら。七海」

「サラ？」

七海は、十メートル先のシルエットに問いかけた。霧の中、差し込む陽《ひ》の光に輝く金色の髪が見える。

彼女は確かに「さよなら」と言った。こんなにはっきりとした彼女の声を聞いたのは、初めてだった。

サラではない何者かを感じて少し怖くなる。

「サラ……だよね」

七海はもう一度声をかけた。

サラとおぼしき影は左右に揺れる。そして、金色の残像だけを残して、白い霧の向こうへと消えて行った。

瞬間、七海の背に悪寒《おかん》が走る。足が震え出す。

「何？　何なの？」

何かが起こる。虫の知らせとでも言うべきか。「あの時」の嫌な予感と同じもの。

手を握り締めると湿っていた。

直観はこう言っている。

――彼女がどこかに行ってしまう。それも、私達が住む世界とは異なる遠いどこかへ。

七海は首を振る。冷静に考えるとそんなことは有り得ない。対局当日の朝に挑戦者に会い、話をするのを避けるのは当然の心理である。マナーと言ってもいい。彼女が配慮して逃げて行ったと考えるのが普通だ。

それにサラの発話には、いつだって深い意味はなかった。ランダムな言葉の羅列というのが、彼女が語る全てだった。

海に浮かぶ蜃気楼《しんきろう》のように、七海の脳裏に、一ヶ月前の彼女の対局姿が映る。


その日、サラは赤地に金や銀の蝶《ちょう》をあしらった着物を纏っていた。数多く戦ってきたタイトル戦のために、あつらえたものだろう。対局相手が三期にわたってタイトルを保持している若きエース、鍵谷英史《かぎやひでふみ》とは言え、将棋会館《シニョン》での予選対局にその格好は少々大《おお》袈裟《げさ》に思えた。肩まであった美しい金髪は、おだんごを作ってまとめられており、子どもの頃にはなかった色香さえ漂っている。

着物の蝶柄には、不死不滅という意味があると誰かから聞いた。幼虫から蛹《さなぎ》になり、蛹が羽化して蝶になり、天空高く舞い上がる様子から輪廻転生《りんねてんしょう》の永遠を連想したのだろう。彼女の天才が末永く続きますように――という誰かの祈りが込められているのかもしれない。

脇息《きょうそく》の傍《かたわ》らには、黄色い蝶が刺繍《ししゅう》されたハンカチが置かれている。女流名人を倒したブラジルでの一局以来、蝶は彼女のトレードマークになっているのだ。

局面は中盤に入り難解。トップ棋士の一角たる鍵谷に対して、よく戦っていると言えた。

「護池先生、残り一時間です」

記録係にそう告げられると、サラは左手で右袖を押さえ、何かを小さく呟きながら舞うような手付きで飛車を縦に走らせた。

六十八手目、サラ、8六飛車――。

その時の彼女はこう呟いていたそうだ。

「月の海……、青色マーシャル……、文化包丁……」

もちろん意味なんてわからない。盤上に風景や物語、数、音、痛みといった世界の全てを視《み》るサラ特有の言語だった。それは共感覚と呼ばれるもので、彼女の天才の源だと言われている。

控室の画面にその手が映し出された瞬間、七海は思わず「ふふっ」と笑ってしまった。飛車と歩《ふ》を交換する勝負手で、無い手ではないが早過ぎる。普通より三手早い。棋士にとって一手の差は勝敗を決し、三手の差は永遠を意味する。

一目《ひとめ》見ても、二目《ふため》見ても無理筋《むりすじ》だ。

研究に来ていた他の棋士達も同じように、曖昧《あいまい》な笑みを浮かべていた。手を軽蔑《けいべつ》しているわけではなく、自分が想像できない世界を見た時、人は頬《ほお》が緩むのだ。咄嗟《とっさ》の出来事で混乱に陥らないための太古からの知恵なのかもしれない。

局面が三手進むと、微笑《ほほえ》みは驚愕《きょうがく》に変わる。

間に合っている。鍵谷側に受けがない！

一手差の時間差攻撃は稀《まれ》に見ることができるが、サラの手の真意は三手差の時間差攻撃にあった。一手の差は人の業《わざ》、三手の差は神の業である。

チェスの世界チャンピオン、ボビー・フィッシャーは十三歳で女王犠打《クイーン・サクリファイス》で勝利を収めるという「世紀の一局」を成し遂げた。護池サラは十七歳にして、それに匹敵、あるいは凌駕《りょうが》する手を指したのだ。

棋士の中には「名人になれるのなら死んでもいい」という人もいる。あるいは「この対局、この相手に勝ったら死んでもいい」という気構えで勝負に挑んだりもする。彼女が指した手は、「この一手が指せるならば、指した瞬間に死んでも構わない」という類《たぐい》の手だった。

まだ対局は終わっておらず、善悪も定まっていない。だが、そういう手は実際に見れば瞬時にわかってしまう。それは勝負に勝ち、タイトルを獲《と》り、プロとして成功するということ以上に棋士の本望であり、尊敬の対象なのだ。

ここ一年間のサラの将棋には、どこか緩みが見られていた。デビュー当時の破天荒さがなくなり、将棋が小さくなっていた。定時制高校に通い始めたり、取材やイベントに顔を出す回数を増やしたりと、将棋への集中力が欠けているように思われていたのだ。一年のうちに保持タイトルを次々と奪われ、今では女流天衣の一冠だけになっている。かつての天才少女は輝きを失い、普通の女の子になってしまったかと思われていた。それは、この世界で度々見られる現象で、そう珍しいことではない。

だが彼女は今しがた、盤上の一手によって、その全てを覆した。たった一手で評価が変わり、人生が変わり、世界が変わる。それが将棋だ。

彼女は復活したのだ。やっぱり彼女は天才だったのだ。

つい先程まで、七海は来月の女流天衣戦で、彼女から案外簡単にタイトルを奪えるのではないかと考えていた。甘い考えだった。だが不思議なことに、この時、七海の胸の底から湧《わ》き上がってきたものは、喜びと闘志だったのである。

――史上最強の女流棋士が、最高の状態に仕上げて自分を待ってくれている。こんなにうれしいことはない！

七海は控室を出て、対局室に向かう。彼女と同じ空気を吸い、彼女の復活を見届けなければならなかった。

記録係の隣の観戦記者席に座らせて貰う。対局者と七海との間は小机で隔てられており、手を伸ばせば届きそうな一メートルの距離が、永遠と思えるほど遠く感じられた。

一時間後、対局相手の鍵谷が駒台《こまだい》に手を置き、頭を下げると、サラは全身から力が抜けたように横の脇息に倒れ込む。そしてそのまま、寝息を立て始めた。

負けた鍵谷はと言えば、泣いていた。女流に負けた悔しさゆえに泣いているのだろう。七海は、周りを気にせず嗚咽《おえつ》を漏らしながら泣く大人の男を初めて見た。子どもの頃には負けて泣いていた棋士も、何度も辛《つら》い負けを繰り返すうちに自己制御を覚えるものである。鍵谷は冷たく強い意志が宿る双眸《そうぼう》から涙をこぼし、寝息を立てるサラを睨《にら》み付けていた。

サラの復活の一手と、トッププロの周囲を気にせぬ涙。七海はこの世界にある美しいもの二つを、同時に見た思いだった。

目を覚ましたサラを見送った七海は、一人ぽつりと対局室に残される。その瞬間、人生で初めて「嫌な予感」というものに襲われたのだ。

空っぽの対局室、サラの指した神様の一手、鍵谷の涙。ここでは既に何かが終わってしまっている。人生のうちの大切なこと、美しいことは、全てあの一手に凝縮されていて、物語の幕は閉じられてしまっている。あの一手を指すために、彼女は神か悪魔と取引をしていて、対局が終わった瞬間に大切な何かを損なってしまったのではないか。

「そんなわけ……ない」

両頬を掌《てのひら》で叩き、奇妙な妄想を否定した。

窓を閉めて帰ろうとした時、七海は畳の上に黄色い紙の切れ端が落ちていることに気付く。しゃがみ込み、手にした瞬間、その柔らかな感触に思わず自分の手を払った。

蝶だった。ぴくりとも動かない蝶の死骸。

どこをどう飛んで、都会のビルの四階に迷い込んだのかはわからない。ただ、ぞっとするものがあった。危うく保たれている均衡が崩れてしまう予感、予兆。

七海はもう一度死骸を拾い上げると、丁寧にハンカチにくるむ。そして、会館を出ると、真っ直《す》ぐに鳩森神社の境内へと入って行った。夜の神社は、この世とあの世の境界のような雰囲気をたたえ、佇《たたず》んでいる。七海は落ちていた石で穴を掘り、ハンカチから取り出した死骸を境内の片隅にそっと埋めた。

何故《なぜ》そんな行動をとってしまったのかは、七海自身よく理解できていない。ただ、一人の女流棋士という枠組みを超えた大きな力が、自分の周りに働いているような気がしたのだ。十八年の人生で初めてのこと。

気付くと目の前に、霧に包まれた三保の松原が広がっていた。

七海は、考え過ぎだとは思いながらも、両手で自分の頰を張る。太腿《ふともも》を叩く。今すぐサラを追いかけなければ。

でも、足が震えて、動いてくれない。

「サラっ」

七海は叫ぶ。

白い霧の向こうに、サラの影を感じていた。彼女は七海が追いかけて来て、手をとってくれるのを待っているのかもしれない。だけど、体は金縛りに遭ったように固まったままで、言うことを聞いてくれなかった。

しばらくすると、松原を覆っていた朝霧が海のほうに流れていき、遮られていた視界が急に開け始める。

七海は、サラの姿を求めて辺りを見回した。

——いない？

四方を見回して目に入った人物は、遠くで犬の散歩をしている老人ぐらいで、金髪の少女の姿は見当たらない。霧にまぎれて、先に旅館に帰って行ったのだろうか。

地面に目をやると、サラのものと思《おぼ》しき足跡が残っていることに気付く。

その足跡は、サラが立っていた浜から松林の前まで真っ直ぐに延び、そのまま途絶えていた。

——途絶えて？

先程の「嫌な予感」を再び思い浮かべていた。

何故、自分は彼女を追いかけようとしたのだろう？　怖かったからだ。彼女が目の前から消えてしまうのではないかって。

「サラ……」

呟いて、松林に目をやる。

木々の一番高い枝に、白い布のようなものが引っかかっていた。天女の羽衣と呼ぶにはあまりに小さい。サラが松林を越えて舞い上がり、天に消えていった——なんてことはありえない。

これは初めてのタイトル戦を控え、緊張でおかしくなった自分の思い違いなのだ。サラは七海をからかって、自分の足跡をなぞるように辿《たど》って元いたほうへと帰って行ったのだ。ミステリでよくあるトリックじゃないか、と自分に言い聞かせる。

目を細めてよく見ると、松に引っかかっているのはハンカチのようだった。

海から吹く風にあおられ、それはふわりと舞い上がる。黄色い刺繍で描かれた模様が、七海の目に飛び込んできた。

「蝶――」

そして、このハンカチを七海は知っている。四年前の女流名人戦以来、どの対局にも必ず持ってきていたサラの幸運のアイテムではないか。

空を舞うハンカチを追い、七海は浜辺を走る。今度は、足が動いてくれた。あんな大切なものをなくさせるわけにはいかない。跳ね返った砂で足元はどろどろになり、パーカーにも黒い染みができる。空ばかり見て走ったので、二度も転んでしまった。

一度気流に乗ったハンカチは、とどまることなく天の高みに昇っていく。天女の舞を彷彿《ほうふつ》とさせる揺らぎ。七海の中で不安が膨らんでいく。

そしてサラの黄色い蝶のハンカチは、空の中でふと消えた。見失ったわけではない。突然に消失したのだ。七海はそれを不思議とは思わなかった。七海が松の上に見つけた時から、それは消えてしまいそうだったから。消えるべくして消えた。

浅瀬で転んだ七海が手にできたのは、一握りの砂だけである。

いつの間にか頬に涙が伝っていた。

脱ぎ捨てたサンダルとパーカーを回収し、足早に車道に向かい、タクシーを拾う。中年の運転手は七海の姿を見て、一瞬眉《まゆ》を顰《ひそ》めたが、後部座席にタオルを敷いてその上に座るように言ってくれた。理由は問わない。おそらくはそれが、職業人としての彼のモラルなのだ。

窓の外を見る。先程までの朝霧は消え、空は嘘《うそ》みたいに晴れ渡っていた。春の空は青く白く、海は静かに凪《な》いでいる。浜にはまばらに人影が見え始めていた。

旅館への車中、七海はある想像をしていた。それは、嫌悪すべきことであるにもかかわらず美しいものだった。サラが天女の羽衣と共に、天に舞い上がっていく光景だ。たくさんの蝶に包まれ、彼女は天に昇る。七海一人を地に残して――。

タクシーを旅館の裏口に着けて貰い、誰にも見つからないように部屋に戻った。シャワーを浴びて、先程の出来事を洗い流す。特別なことは何も起こらない。あまりにも待ち焦がれたサラとの再戦を前に、おかしくなっていただけなのだ。

部屋を出て、関係者に朝の挨拶をする。今までの世界と何一つ変わりはしない。七海は女将《おかみ》に和服を着付けて貰い、早めに対局室に入り、サラを待った。

準備を終えた記録係の少年が、盤の傍らの小机の前に正座する。その横で観戦記者が七海のほうをちらちら見ながら、何やらペンを走らせていた。以前、あんなに遠くに見えた小机の向こう側に自分はいる。

定刻である十時の十分前になっても、サラは対局室に現れない。タイトル保持者の余裕であろうか。立会人がそわそわと対局室を出たり入ったりしている。何やら外が騒然とし始めた。神経が敏感になっている対局者は、そうした雰囲気を感じ取れてしまうのだ。

何かが起きている。それは朝の出来事と関係があるのだろうか？

定刻になってもサラは姿を見せない。記録係が小さな声で「時間になりました」と告げ、ストップウォッチに手をかける。遅刻の際は、罰則として遅れてきた時間の三倍を持ち時間から引くことが規定となっていた。

七海にできるのは待つことだけだ。じっと、駒が並べられていない七寸盤を睨み続ける。今日はこの盤の上で、彼女と遊ぶのだ。彼女を楽しませられるだけの対策は用意してきた。盤上を、七海にしか見えない想像の駒が走る。

学園祭の席上で見事に負けてから三年、大舞台での対局を願い続けてきた。奨励会では最初、男の子達にカモ扱いされて、女子トイレで隠れて泣いたものだ。それでも学校が終わると、毎日のように棋士室に通い続け、終電の時間まで将棋の勉強を続けた。そして今年、女流制度改革により、女流棋戦に女性奨励会員が参加できるようになった。今までは、奨励会を経てプロ棋士を目指す山と、女流棋士の山はそれぞれ完全に独立していたのだ。七海は、初めての公式戦のプレッシャーを撥《は》ね退《の》け、執念でサラの待つ女流天衣戦を勝ち上がってきた。

彼女と同じ舞台に立つために。

──やれるものなら、もう一度絶望させてみろよ！

そう念じながら、顔を上げる。

目の前の対局者席は依然、空席だった。

五分が経ち、十分が過ぎ、三十分が流れる。対局を始めれば一瞬のうちに過ぎ去っていた時間が長く間延びしているように感じられた。悪い予感が徐々に現実のものになっていく。夢の舞台がゆっくりと崩れていく。

一時間が過ぎた頃、立会人が七海の不戦勝を宣言した。


翌週、サラの病気による長期休業のお知らせが連盟ホームページに掲載された。本部に問い合わせてみても、病名は個人的な事柄であるから公表できないとの一点張りである。マスコミは、当初センセーショナルに天才将棋少女の休業を取り上げたが、デリケートな問題であると示されると急速に報道を萎《しぼ》ませていった。その後、義父の瀬《せ》尾健司《おけんじ》と共に行方《ゆくえ》知れずになっていることが判明し、事件性が疑われ、警察が動いたという話もあったが、すぐに立ち消えになった。

結果、一局も戦うことなく、七海は女流天衣になってしまう。それは決して望んで得た栄冠ではなかった。

そしてそれ以降、サラが公の舞台に姿を現すことはなかったのである。連盟は決して

「失踪《しっそう》」という言葉を使わなかったが、七海はサラの消失について、それ以上に相応《ふさわ》しい言葉を見つけることができなかった。

将棋の天才少女、護池サラは、十七歳の絶頂期に春の空に溶けた。
彼女が消えた理由を知る者は誰もいない。
病気か？　事件に巻き込まれたのか？　あるいは、将棋を捨てたのか？
様々な憶測を喚起させながら、謎《なぞ》だけ残して、彼女は消えた。

第一章　影を追う

1

人生の縮図が一番よく見えるのは、一日のうちで朝である——。JR大阪駅前を自転車で通り過ぎながら、七海はそんな格言を思い浮かべていた。もちろん、勝手に作った言葉。背広姿の眠そうなサラリーマン、仲間とじゃれ合う高校生、参考書を読む予備校生、そして、ここにはいない人々のことを思い浮かべる。朝に何をするかが、その人の人生を表すのだ。人生で待ったが許されるなら、自分は何をしているだろうか。

七海は高校を卒業した翌春から、大阪で一人暮らしを始めた。生活費を全て対局料で賄《まかな》えるようになったからだ。新しい女流棋界の花形として、イベントの仕事にも、大阪住まいのほうが都合がよかった。初タイトル獲得は、七海の人生を変えてしまったとも言える。

サラが失踪《しっそう》してから五年が経ち、七海は二十三歳になっていた。

——今の自分はあの頃のサラよりも、強くなっているのだろうか？

人波に逆行するように自転車を漕《こ》ぎ、進んで行く。

福島駅を過ぎ、なにわ筋を進んでいくと、レンガ風の建物が見えてくる。赤茶色の壁面に「将棋会館」という文字が白く浮かぶ。自転車を停《と》め、ロックをかけると、七海は裏口にまわった。正面の自動ドアが開くにはまだ早い。インターホンから挨拶《あいさつ》をすると、守衛のおじさんが通用門から入れてくれる。

目指すのは棋士室と呼ばれる八畳ほどの控室だ。中央には長机が三つ並んでおり、その上に盤駒《ばんこま》が置かれ、五階の対局室で指されている公式戦の検討や、プロ棋士・奨励会員の練習将棋が行われる。人が集まり始めるのは昼からで、一番賑《にぎ》わう時間帯は夕刻を過ぎてからということになるだろう。午前中に詰将棋や棋譜並べといった一人でできる勉強を棋士室でするのが、大阪に越してきてからの七海の日課となっていた。家で勉強するよりも、いい意味での緊張感を保ち得る。

「おはようっ。北森大四冠」

事務室前で、梅安梢《うめやすこずえ》が声を掛けてきた。ご丁寧に額に指先を当て、敬礼のポーズまでとっている。お局《つぼね》さまと言っても差し支えない年齢の、勝気な女性職員で、奨励会入会時から顔を合わせ続けていた。連盟の経営合理化の際にも逞《たくま》しく生き残った古強者《ふるつわもの》である。事務員の中でただ一人、常に標準語で喋《しゃべ》るところが異彩を放っていた。

梅安が七海を「四冠」と呼ぶのは、先週、新しく女流タイトルを獲得したからだった。

七海は苦笑いして敬礼だけ返し、そのまま通り過ぎようとするが、梅安は構わず口を開く。

「大四冠に教えてあげよう。今、棋士室に面白い小動物《うさぎ》が来ている。実に、面白い」

「小動物？　部外者ですか」

梅安は彼女独自の言葉を使う。時折、関係者以外立ち入り禁止の棋士室に、部外者が腕試しに来ることがあるのだ。いわゆる「道場破り」である。いずれも場を弁《わきま》えない、自分の実力の程を知らない人達で、プロや奨励会員に将棋で痛めつけられて帰っていく。まさに猛獣の群れに迷い込んだ小動物――ということなのだ。

「まだ九時前でしょう？　小動物が来ても、誰もいないんじゃないですか？」

「岬《みさき》達がね」

関西の若手女流棋士達が、早朝研究会を開いているのだ。黒武者《くろむしゃ》岬という元女優志望の少女が中心になっており、棋界で存在感を示し始めている。

「黒武者さんじゃ、ちょっと……」

「心許《こころもと》ない――ってか？」

梅安が七海の口には出せない語尾を拾う。

七海は再び苦笑いを浮かべるしかなかった。岬は女流2級だし、グループの子達も一番強くて女流初段だったはずだ。彼女達とてプロだから、並みの素人《しろうと》には絶対負けない。

だが、アマチュアでも県代表クラスの実力者が来ると正直言って危ういものがある。

彼女達のポカや悪手《あくしゅ》が浮かんで、頭の中をぐるぐる回った。

「安心しな。今回の小動物は女の子だから。でも、口だけは立っていた」

梅安は苛立《いらだ》たしげに舌打ちをする。

その女の子は冬目夏緒《ふゆめなつお》と名乗る十五歳の少女で、昨日も事務室に来て、わけのわからないことを訴えてきたのだという。

——将棋のプロになりたいんです。

——師匠は絶対女の人じゃないと嫌なんです。

——師匠はわたしより強くないと駄目なんです。

矢継ぎ早にまくし立てられた梅安は、最終的に「一昨日《おととい》来てください」と言って丁重にお引き取りいただいたそうだ。彼女は一昨日来いの意味がわからなかったのか、単に頑固なだけなのかは知らないが、今日も朝から会館に顔を見せたらしい。

「冬目なんて子、私は聞いたことがないです」

女子の将棋業界は人数が少ない故に狭い。少しでも強い子がいると、自然と耳に入ってくるものだ。

「私もないねぇ。でも、彼女面白いんだ。こう言ったんだぜ」

——護池サラを出して下さい。わたしの師匠になれるのは彼女だけです。九年前の約束なんです。

梅安は大笑いし、近くにいた別の事務員は実に嫌な顔をしたらしい。護池サラという言葉は、この業界の人間に十人十色の反応を引き起こす。

梅安達が、サラが五年前から消息を絶っていることを説明しても、彼女は頑《かたく》なに「護池サラは復活してる。隠さないで出して」と言い張ったようだ。

「全く、呆《あき》れるだろう？」

梅安は肩をすくめ、掌《てのひら》を裏返す仕草をする。一方の七海は小刻みに震えていた。

「彼女は、冬目さんは、何でサラのことをそんな……」

七海は梅安の両肩を摑《つか》んでゆする。護池サラ、護池サラ、護池サラ……。五年前から、いや、小学生の時に出会ってから七海の人生に刻まれ続けている女の名だ。

「落ち着けって。冬目夏緒は今そこに来てるって言ったろ。自分の目と耳で確かめてきな」

梅安は過呼吸気味の七海の背をさすり、ぽんと押した。

「ついでに実力《ちから》も見ておいてくれると助かる。小動物に見えて、獅子《ライオン》かもしれない。花形は何人いても困るってことはないからね。関西棋界は常に有望な人材を探し求めているのだよ」

抜け目なく、そう付け加えて。

七海が棋士室に入ろうとすると、中から何とも気の抜けた駒音が聞こえてきた。

「へしりっ」

とでも表現すべきだろうか。駒と盤が接触する音ではなく、盤と指の肉が鈍くぶつかる音だ。いつもの棋士室では聞いたことのない音である。

扉を開けると、そこには五人の少女がいた。黒武者岬と、その取り巻きの三人、そして、見覚えのないセーラー服が冬目夏緒ということなのだろう。垂れたうさぎの耳のようなおさげと、大きな目が印象的だ。顔付きはひどく幼く見えた。

夏緒と岬が盤を挟んで向かい合い、残りの三人は固唾《かたず》を呑《の》んでそれを見守っている。七海が入ってきたことにも気付かない程、集中していた。

生意気な乱入少女を将棋で懲らしめてやる——という構図なのだろう。

しかし、盤面を覗《のぞ》くと、なかなかにいい勝負を繰り広げている。

手番は冬目夏緒。彼女は盤上に手を伸ばしたかと思うと、相撲取《すもうと》りが塩を取る時のように五本の指全部で駒をつまみ、別のマスに置いた。「へしりっ」という音の正体は、やはりこの少女のものだった。素人も素人である。

一方の岬は長く白い指先で駒を挟み、「ビッ」と撥《は》ねるような音を盤上で奏でた。元女優志望というだけあってか、脚はスラリと長く、高校生にしては大人びた顔をしている。そんな彼女も今は必死で、眉間《みけん》に皺《しわ》が寄っていた。

岬の将棋は筋がいい。定跡形《じょうせきけい》を得意とし、最新の形に精通している。これは将棋を覚えた最初の頃から、プロの一流どころに指導を続けて貰《もら》った成果なのだろう。一方で、少し形が乱れると対応が拙《つたな》くなるという弱点もあった。

夏緒と岬の将棋は中盤で定型を離れ、力将棋の領域に入る。誘導したのは夏緒のほうだ。素人同然の歪《いびつ》な手で、教科書通りの展開を避けていた。岬は一手一手を唸《うな》りながら指し、夏緒は十秒も経たないうちに応手《おうしゅ》を返している。形勢自体は岬のほうがいい。

冬目夏緒、アマ三段、いや、四段はあるか？　七海は心の中で目測を始めた。手付きは素人のそれながら、盤上技術としては数百、数千の実戦を経たような「鍛え」が感じられる。早指しも才能の表れの一つなのかもしれない。

とは言え、流石《さすが》に女流棋士である岬には敵《かな》わないだろう——と見ていると、手はばたばたと進み、頭を下げていたのは岬のほうだった。岬のうっかりミスから、一瞬の逆転劇。粘る暇もなく、あっけなく勝負の幕は下りた。

女流棋士四人の間に重い沈黙が流れる。岬以外の三人は、どうも仲間が負けて悔しいというよりは、何か安心したような顔をしていた。七海が観戦していたことに気付くと、四人とも小声で挨拶だけして俯《うつむ》く。

「この子結構強いじゃん。相手がアマでも負けることはある。岬が駄目ならあんた達が勝てばいいだけの話。プロなんだから」

昭和の頃のように、プロがアマチュアに負けたからと言って騒いだり、責任を感じたりするような時代ではない。先程の岬の将棋も持ち時間が少ないし、終盤で逆転されたのは偶然に見える。将棋はトータルでたくさん勝ったほうが偉いのだ。

七海はこの場での最年長らしく言い放ったが、少女棋士達は怯《おび》えた猫のように沈黙したままである。

「負けたんですぅ」

暫《しば》くして唐突に、岬の後ろにいたふくよかな少女が、情けない声をあげた。

「もう、全員一通り負けたんですぅ。みんな逆転負けでぇ……」

岬だけでなく、他の三人も負けたのか。

先程の偶然に見えた逆転劇は、彼女が入念に穴を掘り、仕組んだものなのかもしれない。

七海は彼女達をここまでへこませた少女のほうに目をやる。

「だから言ってるでしょ？　早く護池サラを出してって。みんな、わたしに意地悪するんだから」

冬目夏緒は七海を睨《にら》み、初めて声をあげた。舌っ足らずというか、将棋の手付きに似て不器用なしゃべり方である。

「あなた、護池サラの何なの？」

「九年前、約束をした。わたしがプロになる時には、師匠になってくれるって。彼女、頷《うなず》いてくれた」

彼女には七海達の知らない、サラとの結び付きがあったらしい。

夏緒は四人の負け犬達を指差して言う。

「わたしは自分より強い女流棋士に師匠になって貰うんだ。そこの四人に資格なしっ」

彼女の論理は、護池サラを師匠にしたいがための屁理屈《へりくつ》なのだろう。

「サラは五年前に消えた。誰も行方を知る人はいない」

七海はその事実を、自分自身にも言い聞かせるように告げる。何度彼女の行方を探ろうと試みたことか。

夏緒は机に両手をつくと、立ち上がって吠《ほ》えた。

「違うっ。護池サラは復活してる。わたしは見たんだ」

瞬間、棋士室内の空気が変わる。

「見た？　見たの？　サラの行方を知っているの？　どこで見た」

七海は岬を押しのけ、夏緒の正面に座った。

あまりの勢いに、夏緒は後ろにのけぞる。

「負け犬の大将に話すことなんてないっ」

顔を背ける夏緒に、岬が食ってかかる。

「先輩はね、私達とは違うの。女流で一番強い人なの。あんたなんてね……」

「岬、いいって。言葉よりも確かなものが目の前にある。そうでしょ、冬目さん」

将棋の盤と駒――。

七海は対局時計の設定を弄《いじ》って、夏緒に示す。夏緒はそれを見て鼻で笑った。

夏緒の持ち時間は三十分、一方、七海の持ち時間は一手十秒に設定してあるのだ。

「私が勝てば、サラをどこで見たか言って貰う。ついでに弟子にしてやろっか」

「わたしが勝ったらどうしてくれる？　護池サラを目の前に用意してはくれないんでしょ？」

二人の視線が盤を挟んでぶつかる。

「あんたに負けたら、プロ棋士なんかやめてやるっ」

吐き捨てるように言って七海は駒を取り、初期配置に並べ始める。

「ちょっ、北森先輩！」

岬が悲鳴のような声をあげた。

夏緒も七海に倣《なら》い、駒を並べ始める。この条件での勝負を受けたという証《あかし》だ。

「いいよ、死んじゃえ。北森七海」

夏緒は小さく囁《ささや》いて、初手《しょて》を動かすと、対局時計のボタンを叩《たた》きつけた。デジタルクロックが十秒の時を刻み出す。切れたら負けだ。もう止《や》めることはできない。猛スピードで序盤の駒が動いていく。夏緒も持ち時間が三十分あるとは思えない速度で、七海の指し手に合わせてきた。そして、二十七手目で夏緒の手が止まる。七海が問う。

「私の名前、知ってたんだ？」

「この世で一番嫌いな名前だもの」

夏緒はノータイムで答えた。

「えらく嫌われたもんだ」

「さっき、そこの人は嘘《うそ》を吐《つ》いた。北森七海が女流で一番強いはずがない。あなた、護池サラより強い？」

「強くありたいとは思ってる」

なかなかに痛いところを突く。「強い」とは答えられない。彼女は消えて、対局ができないから確かめることもできないのだ。雰囲気は指導将棋、研究将棋ではなく、鉄火《てっか》場《ば》のそれである。言葉による精神攻撃、心理戦では夏緒が一本取った格好だ。

「護池サラがずっといたら、あんたなんて一冠も獲《と》れてないっ」

夏緒は盤上でいきなり攻撃を仕掛けてきた。互いが自陣を整備し終わる前の急戦策《きゅうせんさく》である。

本筋ではない手だが、七海は十秒で複雑な対応を読み切らねばならない。彼女の手には、敢えて七海の読み筋を外す意図が込められている。持ち時間ハンデを最大限に利用して、本気で殺《と》りに来ているのだ。

後ろでは、四人の後輩達がおろおろと戦況を見守っている。時間ハンデ、賭《か》けられた条件、夏緒の予想以上の強さ。いくら七海が女流タイトル保持者だと言っても、不安要素を挙げればきりがない。

盤上に夏緒の猛攻が降り注ぐ。持ち時間が短い将棋では、攻めているほうが圧倒的に有利だ。しかも、わかりやすい攻めがよい。将棋は攻めよりも、受けのほうが技術と精神力が必要になるゲームなのだ。

一手指すごとに夏緒が呟《つぶや》く。

「やめちゃえ……。やめちゃえ……。プロなんて、やめちゃえ……」

攻めの技術と終盤術は、アマチュア六段格はあるかもしれない。岬達がころころ負かされるわけである。その上、精神攻撃が非常にうっとうしい。ネット将棋にはマナー違反を取り締まらないサイトもある。彼女はそのノリをリアルでやっている感覚なのだ。

七海は一手一手を、丁寧に受け止めていく。サラの名前が出されていながら、驚く程に冷静だ。歩《ふ》をかすめ取り、角道《かくみち》を遮断し、桂《けい》の翼を折り、銀の出足を止め、龍《りゅう》を叱りつける。受けながら、七海陣の頭上に天空の城が築かれていく。

夏緒が猛攻していた場所は、既に急所ではなくなっていた。

「やめちゃう王手、やめちゃう王手、やめちゃう……あれ？」

夏緒の呟きが唐突に止む。完全に攻めが途切れてしまっていた。攻め合い負けでもなく、攻め潰《つぶ》されたわけでもなく、指し切りという一番恥ずかしい負け方である。

後ろから後輩達の歓声が聞こえた。

「あれっ？　あれっ？」

夏緒は迷子の子どものように、不安げに首を左右に動かしている。

どこで間違えたか、わからないのだ。

盤上の迷路で迷子になっている。そんな顔。

「もう一局、指す？」

間髪《かんはつ》を容《い》れず七海は煽《あお》る。

夏緒はじっと七海の目を覗き込むと、こくりと頷いた。

それからの五局も七海の独壇場だった。最後の一局では、角落ちというハンデを付け足した上で、一度の王手もかけられずに勝った。いつも心がけている、美しさ、華麗さは捨て、鋼鉄の腕力で捻《ね》じ伏せたのだ。

「先輩、怖過ぎ……」

「容赦ねぇ……」

後ろから岬達の呟きが聞こえてくる。

夏緒は決して弱いわけではない。それは四人の女流棋士を破ったことが証明している。ただ強さに偏りがあり過ぎるだけなのだ。数千の実戦によって経験的に鍛えられた将棋であり、勝負への嗅覚《きゆうかく》には見るべきものがある。だが、彼女には決定的に「体系的な学び」が不足していた。護池サラのような、感覚の化け物ならともかく、常人がそれだけを頼りに七海と戦うのは厳し過ぎる。いくら膂力《りよりよく》が強くとも、鋼鉄の刀や弾丸の前にはあまりに無力だ。

放心状態の夏緒に向かい、七海は優しく問いかける。

「冬目さん、あなたはどこでサラを見たの？」

夏緒は一言。

「ネットで」

やがて目に生気が戻ると、涙目で七海を睨み付け、

「甘かった……。北森七海、強い、強い、強い、予想外に強い……。でも……、こんなに強いのに、何でいつもあんな将棋を指している？　あんたが師匠なんて、死んでも嫌だ！」

と叫ぶ。

そしてそのまま、走って棋士室から出て行ってしまった。

誰も彼女を追いかける者はいない。

「サラが――ネットに……」

七海は夏緒が出て行った後の扉をじっと見つめた。

2

部屋に帰ると灯《あか》りを落とし、デスクトップパソコンの電源を入れた。こうすると、暗闇にモニターがぼうっと浮かび上がり、画面の中だけが世界であるように感じられるのだ。

今朝《けさ》の冬目夏緒の戯言《ざれごと》が頭の隅から離れない。

――ネットの中に、彼女はいる。

起動音が鳴り、パソコンがインターネットに繋《つな》がる。

グーグルで「護池サラ」を調べるが、結果はいつもと変わらない。今でも少なくとも一日に一回は検索して確かめているのだ。

一体、彼女はネットのどこでサラを見たというのか？

彼女は、「護池サラは復活してる」と言っていた。

七海の脳裏で何かが弾《はじ》ける。

「対局サイト？」

ネットを通じて将棋の対局ができる道場のことだ。七海も中学時代に半ば引き籠《こ》もり状態になりながら、二年で数千局を指していた。プレイヤーはハンドルネームという匿名性によって守られているので、時にはプロ級の強豪から本物のプロまで現れる。

中学三年の夏に奨励会試験に合格してから、覗くのは稀《まれ》になってしまっていた。ネット道場は、嗅覚を研ぎ澄ましたり、局数をこなしたりする分にはいい場所なのだが、将棋が荒れるという欠点がある。持ち時間も短く、アマ大会の調整にはいいが、プロの公式戦のトレーニングになるとは考えにくい。また、七海はリアルでプロ棋士達の研究会に参加できるようになっていたため、対局サイトに頼る必要性がなくなっていたのだ。

まずは一番規模の大きい「将棋倶楽部《クラブ》24」から探り始める。プレイヤー名検索で、「護池サラ」「SARA」「GOIKE」などを入力してみるが、引っかかってくるのは低段者や級位者ばかりできりがなかった。匿名サイトなので、ハンドルネームに実在の棋士名や芸能人の名前を登録する人が山のようにいるのだ。それに、サラ本人がいたとして、自分の本名をそのままハンドルネームになどするものだろうか？

掲示板で新人強プレイヤーの話題を見ても、サラらしき人物に関する書き込みはない。

三時間を無為に過ごし、溜息《ためいき》を吐く。

結局、梅安を頼るしかない。将棋以外のことは、まだ一人では何もできないのだ。

携帯にかけるとワンコールで出た。そして、こちらが尋ねる前に囀《さえず》り始める。

「冬目夏緒の連絡先か。凄《すご》い勢いだったから、聞く間がなかったよ。で——、何が聞きたい？」

「読心《どくしん》能力者ですかっ。もういいです」

「まぁ、待て。そんなに気になるということは、あいつは獅子だったってことか？　岬達はどうも口の滑りが悪くてな。お前があいつをボコボコにしたとしか言わなかった」

「まぁ……、猫ですね。爪《つめ》だけは鋭い」

「やっぱり、護池サラのことか」

梅安は何でもお見通しなのだ。七海は夏緒が「ネットでサラを見た」と言ったこと、将棋倶楽部24では情報が掴めなかったことを話した。

「冬目が猫なら首根っこ掴んでおかなきゃいかんな。調べておく。で、ネットだが……。対局サイトは将棋倶楽部24だけなのか？」

「たくさんあるけど……、サラレベルが指すとしたら、他のサイトは弱過ぎると思うんです」

「冬目は自分を帰国子女だと言っていた。日本人メインの24じゃなくて、外国のサイトじゃないか？」

電話が終わると、早速検索をかけた。

「国際将棋道場」と、それらしき場所がヒットする。

今度は、サラの名前ではなく、冬目夏緒に関するキーワードで、プレイヤー検索をかけてみた。

「ビンゴ！」

「冬夏」というハンドルネームで、四段、十五歳女性、所在地が最近アメリカから日本に変更されている。梅安が言っていた情報に近い。対局履歴は一万五千四十三局。七海が今朝感じた将棋プロファイリングにも合致する。彼女が四段ということは、意外とレベルが高いサイトなのかもしれない。

七海はサイトのアカウント登録を済ませ、「冬夏」にショートメッセージを送っておいた。自分のハンドルに付けたのは「７ｔｈ　ＳＥＡ」である。

一仕事終えた気分の七海は、キッチンで珈琲《コーヒー》を淹《い》れる。お茶にせよ、珈琲にせよ、カフェインは棋士に許された唯一のドラッグなのだ。サラならば珈琲の匂いに深い山々を視《み》るのだろうか。はたまた、プランテーションの過酷な歴史情景を視るのだろうか。

ふと一つの疑問が脳裏に浮かぶ。

冬目夏緒は、どうやってネット上の匿名プレイヤーをサラだと知った？

たとえ経歴やハンドルネームが護池サラを示すものであっても、それが確かだという証拠はどこにもない。チャットで話したからと言っても、相手をサラだと確かめる術《すべ》はないはずなのだ。そのプレイヤーの将棋が強いから？　まさか。

何の気なしに対局者一覧を見ていると、珈琲を噴き出しそうになる。

『八段　ＳＡＲＡ　所在地　ＢＲＡＺＩＬ』

一覧は上から強い順に表示されている。その一番上に、そんなプロフィールのプレイヤーがいたのだ。あからさまに護池サラを意識しているが、七海の経験上、これが本人ということはありえない。

「まさか、こいつのこと言ってたのか」

気付くと、冬夏からショートメッセージの返信が届いている。

冬夏：護池サラに瞬殺されてろ！

やはり、「ＳＡＲＡ」をサラだと思い込んでいるのだ。

七海は観戦ボタンを押し、ＳＡＲＡの対局を見てみることにした。護池サラが女流棋士として活躍していた頃の棋譜は、全局最低三往復ずつは並べて研究していた。六年間で百五十六局。全て七海の頭の中に叩き込まれている。ＳＡＲＡが偽物なら、すぐに見破れるだけの自信はある。

六段、七段、七段……とＳＡＲＡは次々とネットの強豪を打ち破っていく。確かに強い。でも、プロ棋士が覆面でネット棋界に降臨したら同じようなことができるだろう。

問題は、サラであるか、ないかなのだ。

七海は画面上の盤面を凝視する。目が離せなくなっていた。

人を食ったようなトリッキーな仕掛け、凝り形からの柔らかな捌《さば》きに、意表を突く手渡し、桂馬を使った芸術的な天使の跳躍、死んでいたはずの駒がいつの間にか働き、最後は全局を支配する決め手の香車《きょうしゃ》打ち――。

もしもサラならどうするか？

七海がサラ無き後の公式戦で常に自分に問いかけ、求め続けた答えの全てがそこにあった。悪手やミスの中にも、サラらしい先を視過ぎた錯覚や、企《たくら》みを見ることができた。かつてない程に胸が高鳴っている。

他のプレイヤーは、彼女が護池サラだと気付いていないのか？　十二歳で彗星《すいせい》の如《ごと》く女流棋士になり、十三歳で女流名人になったあの天才の将棋だと。掲示板には「SARAはプロ棋士じゃないか」くらいしか書き込まれていない。SARAをサラだと感じたのは、夏緒と七海だけなのだ。夏緒もこれまでの棋譜を並べ、サラのなんたるかを知っていたということなのだろう。それは一種の才能だ。

SARAへの挑戦申し込みボタンに手を掛ける。

五年前に果たされなかった勝負――。七海は最強の女流棋士を乗り越えることなく、女流第一人者になってしまった。後ろめたさを払拭《ふっしょく》できる絶好のチャンスだ。

しかし、七海はマウスをクリックしかけた指を寸前で止めた。

——なぜ、これだけの将棋が指せるのに将棋界に復帰しない？

——復活したら駆逐されるのは自分のほうではないか？

臆《おく》した、と言って間違いはない。あれだけサラを探し求めながら、本能がサラと将棋を指すことを拒絶したのだ。

怖いのか？　わからない。

もしかしたら、サラじゃないかもしれない。そうだとすれば、対局するのは無意味だ。無意識の恐怖を合理化してくれる言葉を必死に探していた。

七海はネット上でのＳＡＲＡの過去の対局履歴を漁《あさ》り、ＳＡＲＡがサラであるという確証を得る作業を先にすることにした。

棋譜は匂いを出す。ＳＡＲＡの棋譜は二百十三局あり、そのどれからもサラの匂いが立ち込めていた。眩《まぶ》しく、汗ばむ、初夏の匂いだ。

夏緒と出会った日から、七海はネットに入り浸るようになった。一日、十二時間画面を眺め続け、ＳＡＲＡが降臨するのを待つ。ＳＡＲＡは大抵深夜に現れ、二、三局指して何も言わずに去っていく。七海はいつも挑戦ボタンに手を掛けるのだが、押すことができない。

ＳＡＲＡの将棋を見れば見る程に、ＳＡＲＡがサラだという確信が深まっていく。

夏緒からは毎日のようにショートメッセージが届き続ける。

冬夏：なんで指さないの？　護池サラが怖いの？　怖いんでしょ？
冬夏：護池サラがいたら、あんたは一つもタイトルを獲れてない！
冬夏：護池サラの劣化コピー！

思いつく限りの罵詈雑言《ばりぞうごん》を並べる夏緒を無視して、七海はSARAにショートメッセージを送り続けた。

7th SEA：サラなの？　北森七海です。覚えてる？　今、どこにいるの？
7th SEA：将棋界はあなたを必要としてる。帰ってきて。公式戦で将棋を指そ。

返信はない。その代わりにSARAは毎晩律儀に道場に現れ、鮮烈な棋譜を残して去っていく。
思い余った七海は、サイトの共同掲示板に次のような投稿をした。

『当サイト最強の八段・ＳＡＲＡは、かつてプロ棋界で一時代を築いた護池サラさんではないでしょうか？　誰も指摘しないことを不思議に思い、投稿させていただきました』

一《いち》か八《ばち》かの賭けである。もしかしたら、ＳＡＲＡが怯えてこのサイトから姿を消してしまうかもしれない投稿だ。心の中ではそれを願っていたのかもしれない。サラであって欲しいという願望と、もしもサラだったら――という恐怖がない交ぜになっているのだ。

突然のサラの影の出現に、どこかおかしくなっていた。

そして、三日後、知らないハンドルから七海宛《あ》てにメッセージが届いていた。

ＫＥＹ：護池サラを知る者だ。月曜日、午後二時、ミレニアムにて待つ。将棋盤でも持っていろ。俺もそうする。

七海は唾《つば》を呑み込み、「ＫＥＹ」と名乗る人物への返信ボタンに手を掛けた。

3

関西将棋会館から二駅離れた場所に、その喫茶店はある。ミレニアムという店名は、千年紀という意味なのだろうが、棋士は別のことを思い浮かべる。玉《ぎょく》の囲いに「ミレニアム囲い」という名称があるのだ。二〇〇〇年代初頭に主流の囲いになりかけたが、現代では特殊な形への対抗策としてしか用いられない。時間は確実に流れている。

ネットの誰とも知れない輩《やから》と直接会うのは、正気の沙汰《さた》ではないのかもしれない。だけど、七海はいても立ってもいられなかったのだ。SARAがサラであって欲しいかはわからない。それでも、事実をはっきり確かめておきたかった。

七海は旅行バッグから将棋盤を取り出し、テーブルの上に置いた。KEYというハンドルから指定された目印だった。直前になって手頃な大きさのものが見つからず、結局家で机上研究用に使う二寸盤を持ってきたのだ。二寸というとだいたい六センチで、結構な厚みがある。重く、仰々しい。周りの視線が刺さるのを感じた。ウェイトレスと目を合わせないまま、アイスコーヒーを注文する。

「なんだ。北森七海か」

心底残念そうなため息が後ろから聞こえてきた。七海は首だけ振り返る。

立っていた長身の男は、脇に掌サイズのマグネット将棋盤を挟んでいた。

この男が、サイトでレスをくれた「ＫＥＹ」。

いや、どう見ても、棋士八段の鍵谷英史ではないか。

スーツの着こなしは、対局日と間違えたのかと思えるほどだ。鍵谷は、冷たい目で七海の二寸盤を見下ろし、

「お前もか……。ズレてやがる」

と言って舌打ちをした。

そして、そのまま踵《きびす》を返し、店を出て行こうとする。

「待ってください。先生が『ＫＥＹ』なんですよね？　わざわざこのためだけに大阪に来られたのでしょう？　ゆっくりしていかれたらどうです？」

七海は嫌みたらしく声をかける。今日は関西将棋会館でのプロの対局はないことを、七海は把握していた。出て行こうとしていた鍵谷が足を止める。

同時に、七海は鍵谷とサラとを結び付ける、五年前の出来事を思い出していた。

「護池サラとの最後の対局で、負けたのが悔しいのでしょう？」

ストローを片手に挟み、煽るように言う。

五年前、彼は棋戦の予選対局で、サラに「神様の一手」を指され、惨敗し、人目も憚《はばか》らず泣いていたのだ。そして、それが現在のところ、サラの絶局となっていた。

　鍵谷は戻ってきて対面に腰を下ろすと、七海と目も合わせず、手を挙げてウェイトレスに「ホット」と告げた。無精髭《ぶしょうひげ》が伸び、眼光は鋭いが覇気がない。五年前に感じた爽《さわ》やかな若手棋士のイメージとはかなり違うものになっていた。確か今年で三十二歳のはずだ。会館で何度かすれ違ったことがあるが、いつも話し掛けにくい雰囲気を醸し出していた。

「悔しい？　この俺が？　はっ？」

　鍵谷は吐き捨てるように言うと、水に口を付けた。


　鍵谷英史は、毀誉褒貶《きよほうへん》の激しい棋士だ。いい意味でも、悪い意味でも、常に周囲の期待を裏切ってきた。二十代半ばで突如頭角を現し、タイトルを三期獲得した時には驚かれ、『遅れてきた名人候補』とあだ名された。それまでは、高校生で棋士になったというだけの無名の若者だったのである。将棋村での評価も決して高くなかった。

　鍵谷は若手による世代交代の旗手《きしゅ》として、期待されることになるのだが、その後がもういけない。彼は五年ほど前から、タイトルと縁が無くなってしまったのである。勝てないだけならまだいいが、全国各地の夜の街で彼の噂《うわさ》が囁かれるようになった。タイトルを何期か獲ったことに慢心し、遊び歩いているというのだ。

　どこかで彼の将棋を支えていた、太い一本の線が切れてしまったのだろう。女流棋士の護池サラに公式戦で負けて、自信を失ったのではないか、と邪推する者もいた。女に負けて、みっともなく泣き喚《わめ》いたという話は、狭い村社会での噂になっていたのだ。

世間の評価というのは厳しいもので、鍵谷の活躍はまぐれだったと見做《みな》されてしまう。他のトッププロ達は、鍵谷の将棋に最初面食らったが、何局も指すうちに本質を見抜いてしまったのだ、と言われた。

——名人の器ではない。

それが、鍵谷に対する業界の一致した意見となっていた。

これまで、晩学や傍流の人間が、将棋界の第一人者になったことはない。鍵谷の挫折《ざせつ》は、繰り返される歴史の正しさを証明したに過ぎなかった。

それにしても、三十前後でトップ争いから転がり落ちる棋士のなんと多いことか。

「北森先生は、鍵谷八段みたいにはならんといて下さいよ」

七海が将棋ファンからそう言われたことは、一度や二度ではなかったのである。

珈琲が届き、それが空になってしまっても、鍵谷はそっぽを向いたまま何も話そうとはしなかった。業《ごう》を煮やして、七海が口を開く。

「先生は一体、サラの何なのです?」

冬目夏緒に投げ掛けたものと同じ質問だ。鍵谷は答えず、逆に問い返してきた。

「北森は、なんでSARAが護池だと思った」

「指し手があまりにもサラっぽいからですよ」

「護池の指し手を模倣《もほう》する偽物とは思わないのか」

「そんな芸当ができるとしたら、サラの数倍は強くないと無理でしょう？　芥川《あくたがわ》名人か、あるいは全盛期のあなたか」

七海は言葉に毒を混ぜる。鍵谷は「ふん、くだらん」と鼻を鳴らした。

「じゃあ、鍵谷先生の御高説をお伺いしましょうか？」

「結論は一つだ。あれは護池じゃない。ただ、あのプレイヤーは確実に今の護池と繋がりがある。それを探らなければならない」

「SARAがサラじゃない？　あなたの目は節穴？」

生粋《きっすい》のサラマニアになっていた七海は、思わず強い口調になってしまう。

サラの棋譜を三往復並べて出直して来い、と。

「節穴はお前だよ。本物はもう少し強い。それに、天才が五年の時間を掛けて、全く進化していないとでも思うのか？」

そう言う鍵谷の目からは、嘘や冗談を感じ取ることができなかった。鍵谷は、七海よりもサラを過大評価しているようである。やはり、あの最後の一局が効いているのだろうか。

それとも……。

「サラと何か関わりがあったのですか？」

「昔の話だ」

鍵谷はそう言って顔を伏せた。きっと、苦い表情を見られたくなかったのだろう。

その瞬間に、七海はあることに気付いてしまう。そして同時に、強い嫉妬《しっと》の念に駆られたのだった。

サラが消えた理由はわからない。でも彼女は、明らかに自分の最後の対局相手に、七海ではなく男性棋士の鍵谷を選んでいた。やはり彼女は、七海のことをライバルとして見てくれていなかったのだ。わかってはいたことだが、胸が痛む。

「お前はネットで監視を続けろ。自分の人脈を使ってできる限りのことをしろ。何かわかったら俺に知らせることだ」

鍵谷は人の思いを知りもしないで、ぶっきらぼうに言い放った。

「あなたは何をしてくれる？　私はあなたの駒じゃない」

「俺がどうやって調べるかは、お前には教えない。だが、最終的な結果は教えてやる。ネット上のＳＡＲＡが偽物か、本物か、二つに一つをな」

「私の他にも、こうやって協力者と会っているの？」

「ネットにあんな馬鹿な書き込みをする奴《やつ》はお前ぐらいだよ」

鍵谷は立ち上がり、財布から万札を引き抜いてテーブルの上に置くと、振り返りもせずに店を出て行った。

鍵谷英史――実に嫌な男である。

結局、何故《なぜ》彼が今更サラの行方を追っているのか、サラと過去に何があったのかは聞けず仕舞いだった。それでも、彼からは「どんな手を使ってでも」という執念を感じることができた。共闘しておくに越したことはない。

今の自分にできることは何か。

一人の女性の顔が頭に浮かぶ。

萩原塔子《はぎわらとうこ》――サラと最初のタイトル戦を争った人物。将棋界で急速に政治力を付けつつある盲目の女王。

彼女なら力になってくれるに違いない。

七海は早速携帯を取り出し、番号を探し始めた。

4

政令指定都市の中心部から、車で半時間の郊外にその建物はある。吹き抜けの平屋で、民家というよりは何かの集会場に近い構造だ。表の古く変色した木札が、武術道場のような雰囲気を醸し出している。木札には楷書《かいしょ》で「棋臨館《きりんかん》」と書かれていた。

近付くと、道場の中から、「お願いします」という子ども達の大きな声と、高く響く駒音が聞こえてきた。ここで教えられているのは、空手でも剣道でもなく、将棋なのだ。

道場の暖簾《のれん》をくぐると、気付いた生徒達が挨拶をしてきた。純粋だった幼い頃の自分を見るようで、少々気恥ずかしくなってしまう。

生徒達の中心にその女性はいた。

女流棋界の絶対女王・萩原塔子。

七海が女流プロを目指すきっかけとなった憧《あこが》れの人である。目から光を失いながらも、全盛期の護池サラに盤上で対抗できたのは彼女だけだった。

何しろ、九年前にサラに奪われた女流名人位を、翌年のリターンマッチで奪い返している。その後も、第一人者の地位からは退いたが、女流名人位だけは守り続けていた。サラとは違った意味で化け物棋士と言っていいだろう。

「北森さんがいらっしゃったから、後はお願いね」

塔子は傍《かたわ》らの少女に告げる。

まだ声も出していないのに、目の前にいる人物を言い当てるのは、いつ見ても魔法のようだ。

「離れにいくですね。わかり、ました」

道場を任された少女は、塔子の元に住み込みで弟子入りしている中国人留学生で葉依林《イエイーリン》と言い、最近女流棋士資格を獲得し、活躍を始めていた。来日した頃がアマ初段程度だったことを考えると、二年でその域に達したことには末恐ろしいものを感じてしまう。塔子との付かず離れずの生活が彼女をそこまで押し上げたのだろう。

九年前、サラに女流名人位を奪われるまで、塔子は「氷の女王」と呼ばれ、将棋界で横の交流を持たず、棋界政治からも距離を置いていたと聞く。それが今では、積極的に弟子を取り、父の道場を継いで熱心に将棋普及に取り組んでいるのだ。精力的に講演もこなし、その上、将棋もいまだべらぼうに強い。

以前、七海は失礼を承知で、「どうして変われたんですか？」と直接聞いたことがある。塔子は笑って、「大人になっただけだよ」と答えたのだった。

七海は今回、塔子の「大人の力」をあてにしてここを訪ねた。彼女の力を借りれば、サラに辿《たど》り着けるのではないかと踏んだのである。

塔子はまるで全てが見えているかのように、七海の前を歩いていく。本来は七海が手を取らなければならないはずだが、この道場内は彼女の庭なのだ。

道場の裏口から出ると、日本庭園が広がっており、その奥に庵《いおり》が建っていた。これが依林《イーリン》の言っていた「離れ」なのだろう。

塔子は先に庵に入り、どうやって淹れたかわからないが、盆にお茶を二つ載せて戻って来た。七海は慌てて盆を持ち、塔子の後をついていく。

塔子は庵の縁側に腰を掛け、七海はその横に正座した。

目の前には小さな池があり、小ぶりの鯉《こい》が二匹、気持ちよさそうに泳いでいる。

両足をぶらぶらさせながら、塔子が口を開く。

「北森さんとこうやって話すのは久し振りだね」

塔子は今の七海と過去の自分を比べて語り始めた。

——塔子も七海と同じように、二十代前半で女流棋界のトップに立った。最強だの、才色兼備だのと祭り上げられたが、男女の垣根を取り払えば、自分より強い棋士はいくらでもいる。なんだか歯痒《はがゆ》い思いがした。社会的にも経済的にも、自分は恵まれた立場にいる。これ以上何かを変えようとは思えない。でも、その地位に安住しているうちに、何か大切なものが少しずつ削れていっているような気がしていた。

塔子が語ってくれたのは、彼女が経験した女流第一人者ゆえの苦悩だった。

どうやら塔子は、七海が人生相談に訪れたと思っているらしい。

「今日は護池サラのことで、お話ししたいことがあって伺ったんです」

七海がサラと言った途端、塔子の足の揺れが止まる。

構わずに七海は、ネット上にサラらしき人物が現れたことを、できるだけ簡潔に伝えた。

「それがサラだという証拠は？」

「少しお時間とらせますが、よろしいですか？」

「ええ、構わないわ」

七海はSARAがネットで対戦した棋譜をゆっくりと読み上げていく。本来なら盤上に駒を並べて再現したほうがわかりやすいが、塔子は見ることができないのだ。

「もっとスピードを上げて」

塔子から注文が入る。言葉だけで頭の中の駒を動かすのは、彼女にとっては呼吸をするようなもの。七海は息が切れそうになる勢いで読み上げ続ける。

十局読み上げたところで、塔子が口を挟んだ。

「それで、北森さんは私にどうして欲しいの？」

「この人がサラかどうか、ご意見を伺いたくて」

塔子は天を見上げるようにして顔を上げ、顎《あご》に手を当てた。

「護池サラらしき何者か——といったところかな」

「らしき、ですか？」

少々不満げに七海は問い返す。鍵谷にもSARAはサラではないと言われたのだ。

「わからない。これはサラかもしれないし、そうじゃないかもしれない。でもね、正直言って私にはどちらでもいいの」

――興味がないの。

そう言っているように聞こえる。七海はつい口調を強めてしまう。

「サラがこの世界のどこかで、もう一度将棋を始めているなら、探し出してプロに復帰させるべきです。将棋界の損失ですよ。私は、萩原先生に一緒にサラを探してくださるようお願いに来たんです」

見えてはいないとわかっているが、正座のまま頭を下げた。

塔子は縁側に投げ出していた足を戻すと、七海に向かって正座を組んだ。依頼を正式に受けてくれるということだろうか？　期待を胸に頭を上げる。

「嫌よ。お断りします」

凛《りん》とした声が響く。拒絶の回答だった。

「なぜです？　萩原先生も、サラには執着なさっていたでしょう。サラがいるんです。もう一度公式戦で指せるかもしれないんですよ。その気があるなら、今すぐにでもネットに繋いで、ＳＡＲＡと先生が指すこともできます。指し手を読み上げていただいたら、私が代わりに動かしますから……」

必死に食い下がる。塔子に断られるとは思っていなかった。

「北森さん、私達はプロだよ。名前を名乗り、自分の全存在を懸けて戦う意志のある者と将棋を指す。それ以外のことに興味はないの」

「それでも、そこにサラがいるんです」

「私が護池サラを探すことはないわ」

明確にもう一度拒絶。聞き間違いや、解釈の違いではないのだ。

二人の間に、張りつめた空気が流れている。

萩原塔子は昔から七海の優しい先生だった。盤を挟んで厳しく向かい合うことはあっても、プライベートで直接敵意を向けられたことはない。

「先生は怖いのですね。護池サラが将棋界に復活するのが、怖いんだ」

——勝てないから。

言ってしまった瞬間、七海は自分の口元を押さえた。これは口に出してはいけない言葉だ。

塔子の眉《まゆ》が僅《わず》かに歪《ゆが》む。

どうしよう、どうしよう。先生に嫌われてしまう。七海は必死に取り繕う言葉を探すが、声にならない。

狼狽《ろうばい》する七海を余所《よそ》に、塔子は落ち着いた声で言う。

「私はね、北森さんがサラの影に逃げているって思ってしまったの。あなたの前には高く大きな壁がある。それで、自分では絶対に越えることができないって、思い込んでしまっている」

「そんなことあるわけが……」

——逃げている？

ない、とは言い切れなかった。

萩原塔子の言葉は、端的に七海の惑いの核心を言い表していたのである。


五年前、サラが唐突に消えたことで、七海は女流天衣を手にした。それは七海にとって偽りの栄冠だった。

将棋界は、サラという天才《タレント》の穴を埋めるかのように、七海を応援し始めた。今まで難しかった女流と奨励会との両立は、連盟が七海を中心に対局日程を組むようになったことで上手《うま》く回るようになった。サラがこなしていたテレビやイベントの仕事は全て七海にまわった。将棋誌のグラビアもサラから七海に塗り替えられていく。

シンデレラ棋士の誕生だった。

七海は、周りの期待に応《こた》えるように、次から次へと、女流タイトルを獲得していく。

そんな自分は、子どもの頃に夢見ていた、憧れの女流棋士そのものになっていた。

「夢を叶《かな》えられたのですね」

メディアからインタビューされて、一瞬返答に戸惑い、すぐに笑顔に切り替えて「ええ」と答える。この戸惑いは何なのか。

――サラが消えてくれたからだよ。

内なる声がそう囁く。周りの人が気を遣って、どんな言葉をかけてくれても、その思いと事実は消えることがない。

最強の者を倒さずして、頂点に立った者の宿命だった。

サラと直接対局し、タイトルを奪い取れていたらどれだけよかったか。サラが女流棋界に君臨し続け、自分が永遠に挑戦者であったほうがどれだけ気が楽だったか。

何故あの時、三保の松原の霧の中、サラを追いかけ、手を取ってやることができなかった？　心の中で、彼女がどこか遠くに消えてしまうことを望んでいたのではなかったか？

七海は自分を責めたのだった。

第一人者であるというプレッシャーは、七海の将棋を変えさせもした。女流トップの七海の将棋は、サラの将棋と比べられるようになったのだ。実際、そういう見方は少なかったにせよ、七海自身は比べられていると考えたのである。

――サラならこんなダサい手は指さない。

――華《はな》がないなぁ。

――この局面、サラは昔こう指してたぜ。

——お前の第一感とは違う。あいつのは天賦《てんぷ》の才なんだ。黙ってなぞってろ。

将棋を指していても、内なる声が囁くのだ。

こんな地味な将棋が、女流トップの将棋でいいのだろうか？　ファンが見たいのは、七海が見たいのは、サラのような才気溢《あふ》れる将棋なのだ。

何度も何度も繰り返しサラの将棋を並べ、彼女ならどう指すかを考えるようになった。そして、いつの間にかサラの将棋の雰囲気を真似《まね》るようになったのである。七海は自分に天賦の才能が無いことを自覚している。才能無き者がトップに立つときは、必死に才ある者のふりをしなければならないのだ。

七海は複数の女流タイトルを獲得し、並みの男性棋士以上の収入を得るようになってからも、奨励会を辞めることはできなかった。いくら女流で活躍しても、サラが消えてくれたから——という思いを拭《ぬぐ》いきれない。サラが唯一手を付けず、達成しなかったのは、奨励会を経て女性初の「プロ棋士四段」になることだったからだ。

二十三歳で奨励会三段。四段昇段まであと一歩のように見えるが、その一歩が果てしなく遠い。サラの模倣将棋は、女流棋戦では圧巻の成果を示し続けていた。華麗な大技、大捌きが決まり、相手は粘ることもできずに盤下に沈む。しかし、三段リーグで七海の将棋はカモだった。狙《ねら》いは事前に封じられ、暴れようとすると蜘蛛《くも》の巣に捕まった小虫のように糸が絡まり、身動きがとれなくなっていく。あるいは真正面から殴り合って、三秒先に七海が沈む。一局も勝てる気がしない。

女性でありながら、プロ棋士四段を目指している、というのが七海のアイデンティティとなっていた。私は挑み続けているから、頑張っているからそれでいいんだ。どこか義務感を覚え、困難に挑戦し続ける若者を演じている自分がいる。

もしも、サラが女流棋界にいてくれたら――。七海は想像するのだ。彼女なら自分の代わりにファンに華麗な将棋を見せ続け、プロ棋士四段の壁も楽々突破してくれるんじゃないかって。そして彼女なら、きっとその先も……。

五年前、サラが影となり天に消えてしまったその日から、七海は彼女の幻影を追い続けているのだ。輝く才能がなくても、後を追って行こうと決めた。なのに、何で消えてしまったの？　あの日からずっと、前に進めずにいる。


七海は泣いていた。人前で泣くのは多分、小学生以来のことだ。今までずっと隠れて一人で泣いてきたから。

七海は自分の問題を、塔子に当てつけようとしていただけだった。大人げなく、夏緒を将棋で痛めつけたのも単なる腹いせじゃないか。

ＳＡＲＡにだって、負けてこの五年が否定されるのが怖くて、挑戦すらできていない。サラに合わせる顔があるのか？　ただ、第一人者の苦しみと重圧を彼女に代わって欲しいだけじゃないのか。

「私、私……」

言葉を繋げないでいる七海の頰《ほお》を、塔子がそっと撫《な》でる。長く白く、冷たい指。

「私達がサラにできるのは、待つことだけ。去る者は追わないのがこの世界のルール。でも、サラはやってはいけないことを一つだけした。将棋界を去るのは、誰かに負かされてからじゃないといけなかった」

将棋界というところは何度もさよならをする場所だ。それはわかっている。わかってはいるが、それでもサラは特別だった。

「私はどうすれば……」

塔子は七海の頭をそっと抱く。

「あなたに言っておかなければいけない言葉があった。もう必要がないと思っていたから言いそびれていた言葉――。あなたは自分に才能が無いと思い込んでいる」

「サラに比べれば私なんて……」

「それは違う」

塔子はぴしゃりと窘《たしな》める。

「才能の在り方は一つじゃない。将棋ってそんな運みたいなものだけで決まるつまらないものなの？　そんなものに私達は人生を懸けているの？　人は成長する。私だって、五年前のサラに負けるつもりはない。それにね、私は一度挫《くじ》けて立ち上がったあなたの才能が、護池サラを超え得《う》るものだと信じている」

「先生が……私を？」

あれだけ塔子に才能を見せつけていたサラよりも、自分を……。七海は信じられないという面持ちで塔子を見つめる。

「もちろん、私の願いが入っている。でも、サラがネット上に現れたというあなたの話が正しいなら——これはチャンスよ。あなたはサラの影から解放される。もう対局はしたの？」

「……まだです」

「でしょうね。負けるのが怖いんだ」

「……はい」

「プロってね、一局負けても負けじゃないんだよ。一局負けたら二局勝てばいい。十局負けたら十一局。千局負けたら、千一局だ」

夏緒に負けた女流棋士達にした説教が、今、七海自身に返ってきている。

塔子は一息吐いて告げる。

「今日からあなたにうちの道場の敷居は跨《また》がせない。どこで会っても私はあなたに挨拶しない、話さない」

話の流れを切るような一方的な絶縁宣言に、七海は悲痛な声を上げる。

「先生！」

しかし、塔子はこう続けた。

「倒しなさい。ネット上の何者かを。あなたの中の護池サラを。彼女の影を。——その時、また会いましょう」

激励の言葉。

七海は塔子の白い手を握る。

壁の向こう側に行くのは、影ではなく、この私。

SARAを倒す。女流タイトルを獲ることよりも、奨励会を抜けることよりも、今それが七海のやることの全てなのだ。

5

翌日から七海は全ての雑事を順次キャンセルしていった。

解説会、指導将棋、タイトル保持者ゆえの他業界との付き合い、研究会——。

公式戦と奨励会の対局以外では、会館に顔を出さないようになった。

SARAを、護池サラを倒すというただ一事に専念したかったのだ。

心配した梅安から電話が掛かってきたりもした。

「将棋やめる気？　お前じゃ、社会で通用しないぜ？」

彼女流の先読みと引き止め方だった。

「私は本物になりたいんです。絶対に戦わないといけない相手がいるんです」

七海はＳＡＲＡとネット上で戦うことを告げずに、とにかく決意を語った。

「そうか、行ってこい。ただ――、変な宗教には気を付けろよ？」

多少の誤解はあったようだが、梅安に通しておけば、事務的なことでなら暫くの間は守ってくれるだろう。

七海は、サラの全公式戦棋譜と、ＳＡＲＡの全対局ログを並べて研究することだけに、一ヶ月の時間をかけた。本当なら、塔子の道場から帰ってすぐにＳＡＲＡに挑戦すべきだったのだが、まだ自信と勇気が持てなかったのだ。

準備できることは全て準備して対局に挑む。それが、プロを志して以来の七海の習慣になっていた。それは彼女に安定した成績を保証したが、才能に自信がない裏返しでもあった。えいやっ、と出たとこ勝負をすることができないのである。

一ヶ月という準備期間に、その心の弱さが表れていたと言えるだろう。

――本人よりも、サラらしく指せば負けない！

それが準備期間に七海が考えた戦略だった。やはり七海にとっては、サラの将棋こそが理想の将棋だったのだ。

——勝てる、勝てる、勝てる、勝てる……。

自分に言い聞かせて、初めての挑戦を行う。

塔子の道場を訪ねてから一ヶ月後の深夜零時、最初の決戦の火蓋《ひぶた》が切って落とされた。

双方持ち時間は三十分。使い切れば、一手六十秒の秒読みが付く。ネット将棋の基準で言えば、長いほうである。

後手番《ごてばん》を引いた七海が採った戦型は、「横歩取り《よこふど》」。将棋の戦法の中で最も激しく、駒が乱舞する形だ。現役時代、サラは愛用し続ける戦法を持っていなかった。一番多いのは力戦型だったが、基本的にはその日の気分で戦型を決める、オールラウンドプレイヤーだった。

とは言え、得意、不得意は当然ある。横歩取りはサラが才能と力を最も発揮できる戦法の一つなのだ。相手の得意分野で叩き潰してこそ、彼女を超えたことになる。

観戦者の一覧に「冬夏」と表示される。夏緒だ。

——あんたの目の前で、ＳＡＲＡを打ち砕いてやる。

七海は中盤で持ち時間の半分、十五分を使って戦いを仕掛けた。桂馬を使った、天使の跳躍だ。サラのお株を奪う美しい駒の活用だった。ＳＡＲＡもそれに、一番激しい順で応える。

七海は自分で淹れた珈琲をすすり、

「これだよ。これなんだよね」

と脳にカフェインを染みわたらせながら呟いた。サラとの、真っ向からの殴り合い。プロを目指した時からずっと求め続けていたものが、今ここにある。

終盤の入り口で、玉頭《ぎょくとう》にトンと叩くように置かれた歩が決め手だった。指したのは、ＳＡＲＡ。六十五手目、ここしかないというタイミングで放たれた歩が十五手後に七海玉の死命を制した。

「負けた――。サラに……」

魂を抜かれたような表情で、モニターを見つめる。

一体、私の五年間は何だったのだ？　いや、それ以上に――。サラが強過ぎるのだ。絶対に追いつき得ない才能。それが彼女だったはずではないか。何度彼女に屈辱を味わされてきたのだ？

歯を食いしばり、机に拳《こぶし》を叩きつける。

塔子さん――やっぱり無理ですよ、私。

もう一度画面に目をやると、ショートメッセージが届いていた。夏緒からだ。

冬夏：かっこわりー。

一言。

彼女に示してやることができなかった——。頭を抱える。

しかし、もう一通。

冬夏：馬鹿じゃないの？　ＳＡＲＡ、待ってるじゃん？　あんたがプロなら何度でも負けてみせろよ。

対局待ち一覧を見ると、確かにＳＡＲＡはまだ留《とど》まっている。いつもは長時間対局をすると、すぐにログアウトしていたはずなのだ。もしかして、本当に私を待っているのか？

そして、夏緒の言葉が胸に刺さる。

誰かが言っていた。プロは負けるのも仕事なのだ。芥川名人だって、全勝で頂点に登り詰めたわけではない。十回やって、三、四回は負けるのだ。みんなの前でみっともなく惨《みじ》めに負けてしまうかもしれない。負ける勇気を持って突き進んだ者だけが本物になれる。

七海は再び挑戦ボタンに手を掛けた。そして、躊躇《ためら》いなく押す。

角換わりで負けた。矢倉《やぐら》で負けた。中飛車《なかびしや》で負けた。穴熊《あなぐま》で負けた。石田《いしだ》で負けた。相振《あいふ》りで負けた。右四間《みぎしけん》で負けた。急戦で負けた。持久戦で負けた。総力戦で負けた。序盤・中盤・終盤で負けた。堅さに負けた。軽さに負けた。速度に負けた。香車に負けた。桂馬で負けた。

七海は一ヶ月負け続けた。対戦成績は二十勝百三敗。七海もプロだから、何局かは拾うことができる。しかし、勝率が二割もない――というのは圧倒的な差なのだ。

あらゆる面で七海は負け続けた。でも、根性だけは絶対に負けないつもりだった。

SARAと指し続けている間、公式戦での成績は惨澹《さんたん》たるものになっていた。女流タイトルは一つ奪取され、奨励会三段リーグは全敗だった。「北森七海は引き籠もりになっているらしい」という噂が流れていることを梅安から聞かされたりもした。「男耐性がないのに彼氏ができて振られて絶望しているらしい」というのは余計だったが、引き籠もりは事実なので反論のしようがない。というよりは、そんなことはどうでもよかったのだ。

相変わらず夏緒は、局後にショートメッセージを送り続けてきた。そのどれもが、「今日も護池サラの勝利譜ごちそうさま♪」や「勝つつもりあるんですか?」といったからかいの内容だった。

平日の昼にも観戦しているようだったので、「学校行ってるの?」と送ると、「うるせー。あんたらが昼間っから指すから、学校にも行けないんだよ。早く指せよ」と返ってきた。どうしようもないサラフリークなのだ。

ずぶずぶと泥沼に嵌《は》まりつつある。敗北が日常化し、悔しさが薄れ始めている。

負け続けて三ヶ月。

いつの間にか、SARAへの敗北に快感を覚えるようになっている自分を見つけていた。よかった、やっぱり自分には才能がなかったんだ。

塔子から励まされた時は、自分にはきっとできるんだって思った。でもこの壁は、誰かの言葉なんかで乗り越えられるものではない。そういうことは今まで生きてきて、手痛く学んできたはずじゃないか。「君もがんばれば空を飛べるよ」なんてもぐらに言っても、哀れなだけだ。

真夜中の二時に、はっきりと自分の心が折れる音が聞こえた。

——塔子さん、ごめんなさい。もう二度とあなたに会えないよ……。私にサラ超えは荷が重過ぎた。

SARAのことは忘れよう。なかったことにしよう。萩原塔子から寄せられた期待にも背を向けよう。思い出してみれば、七海は女流棋界の華だった。たくさんの人が七海を必要としてくれている。誰も七海を責めたりはしない。囲われた甘美な世界がそこにある。

サラは、七海の青春でありロマンだった。だけど、ロマンだけで人は生きてはいけない。青春は終わりにしよう。大人になるんだ。サラのことは、青春の痛みとして心の奥に仕舞っておけばいい。歳《とし》を取ってしまえば、痛みは懐かしさに変わるのだろうから。

引き出しからハサミを取り出すと、七海はインターネットの回線をパチンと切った。


日曜に小中高と一緒だった親友の瑠奈《るな》を誘い、久し振りにショッピングに出掛ける。瑠奈は銀行の窓口職員の二年目で、ようやく仕事に慣れてきたところらしい。職場のお局様の愚痴をマシンガンのようにこぼしていた。

「七海も昔はお洒落《しやれ》だったのにねぇ」

萌葱色《もえぎいろ》のワンピースを手に取りながら、瑠奈がぼやく。将棋のプロを目指し始めた中学三年の頃から、最新のファッションについていくことはしなくなっていた。

半年に一度だけ買い溜《だ》めて、それをローテーションさせて日々を凌《しの》いでいた。

「でも、七海の気持ち、ちょっとわかるようになったなぁ。仕事始めて、使えるお金は増えたけど、使うタイミングがなくなるんだよね。結婚とか考えると、浪費できないし」

「今の彼と？」

「言ってなかった？　大学からの付き合いだし、お互いこれを逃すと一生できなさそうだしね。つまんないでしょ」

瑠奈は自虐気味に言うが、全くつまらないことなんてなかった。

ろくに遊ぶこともなく、将棋の世界で汲々《きゅうきゅう》と修業を続け、彼氏なんてできたことのない自分と比べれば、なんと豊饒《ほうじょう》な人生であることか。

将棋に打ち込むことで失われた時間が、背にのしかかる。

七海はこの日、二十万円分の服を買った。それが自分にとってさほど痛くない出費であることも、感覚で理解している。なんでこんなふうに生きてこなかったのだろう。今まで必死に自分にかけてきた魔法が解けてしまったように思えてくる。

マンションに帰り、買ってきた服を床に並べると、何故か涙が溢れてきた。

「将棋、やめちゃおっかな……」

自然とそんな言葉が口をついて出る。

七海は賢く生きることができない人間だった。目標を見失っているのに、夢があるふりをして生きていくことはできない。大学受験でもして、有り得たはずの人生を取り戻そうか。この世界にはもっと美しく、素晴らしいことがたくさんあるはずだから。

結局、七海は決断する勇気も持てず、ただ自分の世界に閉じ籠もった。

6

真夜中の二十五時、誰かがチャイムを鳴らし続けている。

七海は布団を頭から被《かぶ》り、一人震えて部屋にいた。

公式戦には顔を出しているものの、それ以外の日は家に籠もって何をするでもなく過ごしていた。海外ドラマのＤＶＤボックスを買い込み、惰性で流し続けている。内容なんて頭に入ってこない。

鳴り続けていたチャイムは、やがてドアを叩く音に変わる。怖い。

「北森七海、ななみっ、いるんだろ？」

女の声。

母のものでも、塔子のものでも、瑠奈のものでも、梅安のものでもない。友達にだって、こんな変なイントネーションで叫ぶ子はいない。

「将棋を教えに来てやったぞ。開けろよ」

四ヶ月前、七海にサラの情報をもたらした帰国子女の少女。

サラのファンで、ネット上でも延々と七海に絡み続けてきた子ども。

「夏緒？」

七海は飛び起きて、ドアのスコープ越しに外の様子を窺《うかが》う。

冬目夏緒が、七海の部屋の前で、脚付きの六寸盤を抱えて立っているではないか。六寸と言えば、約十八センチの厚みである。抱えて数メートル運ぶだけで息が切れる重さだ。一体、彼女はどれだけの距離を歩いてきたのだろうか。その労力は鍵谷との待ち合わせに二寸盤を持って行った七海の比ではないはずだ。

七海がドアを開けると、夏緒は抱えていた六寸盤を廊下に置いた。

「あんた、何しに……。って言うか、何でこの場所を？」

夏緒は汗を拭いながら、したり顔で答える。

「梅安とかいうおばさんが教えてくれた」

そして、七海を睨み付けた。

「――って言うか、聞きたいのはこっちのほう。なんで護池サラと将棋を指さない？ずっとパソコンの前で待っていた。本当に逃げんのか？」

「あなたには……関係ない」

七海は夏緒を直視できず、視線を逸《そ》らす。

「まぁいいよ。でも、とにかく盤を持ってきたから、わたしと将棋を指すんだ。まさか、このまま何もせずに抱えて帰れ――なんて言わないよな？」

夏緒はもう一度六寸盤を抱え上げ、七海の脇を通り抜けて勝手に部屋の中へと入っていく。

「ちょっと」

止めようとするが、言葉に力が入らない。

「案外片付いてるじゃん。引き籠もって、ゴミ屋敷になってるかと思ってた」

夏緒はリビングの中央に盤を置くと、背負っていたリュックから駒と駒台と時計を取り出し、対局の準備を始めた。

「プロになるって言ったら、日本のじいちゃんがくれた。指し方だって練習したんだ」

そう言って、絆創膏《ばんそうこう》だらけの右手を見せつけてくる。

「指導将棋ならしてあげる。でも、一局指したら帰るんだよ」

七海は夏緒の正面に座って言った。

「指導将棋？　指導するのはわたしのほうだ」

夏緒はそう言うと、チェスクロックの時間を合わせる。双方、十五分ずつ。四ヶ月前とは違って、ハンデはない。彼女はあれから成長したのだろうか？　だが、四ヶ月程度で人は変わったりはしない。七海と夏緒の間には厳然たる実力差があった。おそらく結果は変わらない。サラと七海との関係のように。

深夜のマンションの一室で、駒音と時計を押す音が孤独に響いた。

勝負はすぐにつく。

夏緒の猛攻を手厚く受け止めた七海の圧勝だった。

しかし、「もうこれで帰りなさい」と言った瞬間に、チェスクロックを押され、流れのうちに二局目が始まってしまった。夏緒はここに来た時のテンションとは違い、口を真一文字に結び、頑なに正座を崩さないでいる。

対局を始めようとしない七海に、夏緒が語り始めた。

「一ヶ月前、岬達ともう一回将棋を指した」

初めて会った時、夏緒は黒武者岬達、四人の若手女流プロを打ち負かしていた。七海はそれを見て、彼女の中に才能の原石のようなものを感じたのだった。岬達もアマチュアに負けたまま引き下がれなかったのだろう。どうやら、リベンジ戦を仕掛けたらしい。

夏緒は喉《のど》の奥から、声を絞り出すようにして言う。

「ボロボロに……負けた」

やはりそうか、と思う。

今の夏緒の強さは初見殺しにある。拙い手付きと素人風の序盤で油断させ、中盤以降は別人のような強さを見せる。だが、そういう作りの将棋だと見破られてしまえば、夏緒の将棋は穴の大きいザルに過ぎなかった。充分に対策を練って挑む対局においては、一応は将棋が完成している岬達に分《ぶ》があったのだろう。

「わたしが将棋を嫌いになるぐらいまで、ぶちのめして」

盤面を凝視したまま、夏緒は言った。

彼女も自分の才能の有無が不安なのかもしれない。多分、その才能というのは、とことんまで負けても諦《あきら》めず、それでも将棋に食らいついていけるかどうか——という能力なのだろう。

彼女は今、人生の岐路で悩み続けている。サラには直接会うことができない。おそらく、SARAにメッセージを送っても、無視されている。自分の実力は長年続けてきた努力に比べて、とても低い場所にある。彼女はとてつもなく自分に厳しい人間なのだ。

そんな者に対する礼儀はただ一つ。本気で叩き潰すことだけだ。

七海は無言でそれを受け止め、盤上に意志として返す。

夏緒の拙速で軽薄な攻めを、的確に咎《とが》めていく。夏緒の駒は空を舞えず、七海の金銀に搦《から》め捕られて沈んでいく。五局連続で夏緒の攻めは頓挫《とんざ》した。攻めの空中分解の後に待っているのは、七海の的確な寄せだった。

それでも夏緒は馬鹿正直に攻めてくる。途中で手渡しや受けに関してアドバイスをしようかとも思ったが、これが彼女の将棋なのだ。攻めることを諦めない。

十局も指した頃には、空が白み始めていた。七海の十連勝である。ここまで来ると、夏緒の将棋の本質が見えてくる。

——護池サラに憧れ、護池サラが辿った道を歩もうとする者の将棋だ。

サラの劣化コピーの劣化コピーと言っていい。模倣の段階。ネット将棋の低段相手には通用したのだろうが、七海の前では児戯に等しい。

結局、夏緒は七海に土一つ付けることもできなかった。

夜が明ける頃、夏緒はぽつりぽつりと彼女自身のことを語ってくれた。


夏緒は、両親の仕事の都合で幼少期から海外を渡り歩く生活を送ってきた。そして、九年前はブラジルにいた。護池サラと萩原塔子が、女流名人戦の死闘を繰り広げた地だ。六歳の夏緒は、将棋を知らない父の気まぐれに連れられ、見に行ったその場で、サラに惚《ほ》れこんでしまう。

幼い頃サラが祖父と共に南米を放浪し、果ては日本にまで渡って成功したという物語に子どもながらに惹《ひ》かれた。世界中を飛び回る自分の寂しさと重ね合わせていたのかもしれない。

夏緒は日本へ発つ便を待つサラを父と共に空港で捉《とら》まえ、師匠になって欲しいとお願いしたらしい。サラは何も言わなかったが、夏緒の頭を撫でてくれた。

その時から、サラは夏緒のヒーローになったのだ。

サラのような女流棋士になりたい！　夏緒に夢ができた瞬間だった。

海外を転々とする夏緒には、将棋を指す相手が見つからない。そんな彼女を可哀想《かわいそう》に思った父が、パソコンを買ってくれた。この魔法の箱があれば、コンピュータと対局できるし、世界中の将棋を指す人とも戦うことができる。

将棋に飽きて離れることもあったけれど、引っ越しをして新しい学校や友達に馴染《なじ》めない時は、インターネットで将棋を指した。日本のサイトに繫ぐと、サラの棋譜や活躍を見ることができた。なかなか帰ることができない日本と自分が、将棋を通して繫がっている。

将棋とサラは、夏緒の人生にとって大切なものに育っていったのだ。

そして五年前、夏緒はネットニュースで護池サラの長期休業を知った。すぐに復活するだろうと高をくくっていたものの、予想外に長引いており不安になってしまう。

代わりに女流棋界の頂点に立ったのは、北森七海というサラと同年代の女だった。小学生の時、サラのライバルだったらしい。北森七海は次々とタイトルを獲得していき、女流棋界は彼女一色に染まっていく。将棋関係のニュースでは、サラについて多く語られることはなくなり、まるで最初からサラなんて天才はいなかったかのようだった。

それは別に構わなかった。

夏緒が許せなかったのは、七海の将棋だった。七海はサラが得意とする戦法を使い、サラのような雰囲気の決め手を放つ。夏緒には、まるで彼女が護池サラを演じようとしているふうに見えたのだ。

――偽物《フェイク》、偽物、偽物、偽物!

北森七海は、護池サラの模造品だった。本人には遠く及ばない、劣化コピーだった。それなのに、女流棋界における全ての栄光は彼女が手にしてしまっている。

――一体、護池サラは何をしているんだ。

一向に表舞台に姿を現さないサラに、ヤキモキしながらも、夏緒は将棋を続けた。サラが引退してしまったのであれば、自分が紛《まが》い物の北森七海を討つつもりだった。

中学三年生になった夏緒は、日本に帰ることになる。両親は、高校からは夏緒を日本の学校に通わせようと考えていたのだ。もちろん、夏緒の思惑は両親のそれとは違い、女流棋界に殴り込みをかけようと計画を練っていたのである。

しかし、帰国する一ヶ月前、夏緒は昔から入り浸っているネットの「国際将棋道場」で、奇妙なプレイヤーが連戦連勝しているのを発見する。ハンドルネームは「SARA」。サラを騙《かた》るそのプレイヤーに、北森七海に対するものと同じ怒りを覚えた。だが、SARAの対局を観戦し、実際に対局してみるとすぐに怒りは収まり、興奮に変わった。紛れもなく護池サラ。九年間、追い続けてきた憧れの人の将棋そのものだったのである。

――護池サラは復活してる。

ネットニュースでは流れないが、サラは密《ひそ》かに戻ってきているのだ。北森七海をあれだけ持ち上げた組織だ。連盟はサラを隠しているのかもしれない。

夏緒は帰国するとすぐに、将棋会館に殴り込みをかけたのだった。

そして、北森七海に軽く捻《ひね》られた。その取り巻きにもリベンジされた。思っていたよりも、自分はあまりにちっぽけだった――。


夜は完全に明けていた。

「将棋盤、後で郵便で送ろうか？」

対局が終わり、六寸盤を持ち上げようとする夏緒に、七海は声をかける。だが、彼女は黙って首を振った。その気持ちは痛いほどによくわかる。自罰なのだ。重い将棋盤を抱え、自宅まで歩きながら、負けた将棋を反省する。

冬目夏緒は、七海にとって生意気で憎たらしいだけの子どもだった。なのに、今は戦友という気さえし、言いようのない愛着が湧《わ》いてくるのだ。

夏緒は去り際に、目に涙を浮かべて言った。

「何で今日みたいな将棋を、ＳＡＲＡにぶつけない？　わたしは公式戦の棋譜を並べて、北森七海は強くないと思った。護池サラの劣化コピーだって。だから、あんたがサラの代わりに女流で一番になっているのが許せなかった。でも、初めてあんたと指した時、あんたは滅茶苦茶《めちゃくちゃ》に強かった。正直、ＳＡＲＡよりも強いって感じたんだ。今日の将棋が終わっても、その確信は消えてはくれない。あんたは、強い」

夏緒は六寸盤をその場に置いて、後ろも振り返らずに走り去って行った。

梅安から住所を聞いて、郵送してやるべきだろうか。しかし、七海はそうしなかった。彼女は必ずもう一度、この盤を取りに帰ってくる。それまで、預かっていて欲しいということなのだろう。

そして、彼女が伝えたかったであろうことも諒解《りようかい》していた。

――SARAを倒すのは、護池サラの将棋じゃない。北森七海の将棋だ。

7

現代将棋を特徴付けるものは、速さ、堅さ、細く途切れない攻めの技術にある。それはそれぞれに革新的で、江戸時代の名人が現代にやってきたとしても、奨励会二段あたりに軽く倒されてしまうであろう程に進歩している。

そして、その三要素は既に常識となっており、他の棋士と差別化を図るには、どれかを徹底的に研ぎ澄ますか、別の強みを持たねばならない。

七海はサラのそれを、一種の揺らぎのようなものだと考えている。ただ華々しいだけではなく、鍵谷などの一流棋士の喉元に刃《やいば》を突き付けることができたのは、その不可解な揺らぎのお蔭《かげ》だと。おそらく、表層をなぞっても辿り着けない何かがサラにはある。

では、七海の強みというのは一体何なのだろうか？

夏緒が訪ねてきてくれた日の夜から、七海は再びＳＡＲＡと向き合うことにした。もう、護池サラの将棋を意識することはしない。

——私は私の将棋を探すんだ。

ＳＡＲＡにサラの模倣将棋をぶつけても、本家本元に敵うはずがないではないか。そんなことにも気付かず、三ヶ月間漫然と指し続けていた自分を呪《のろ》いたくなる。

珈琲は補充した。近所の食堂で、久し振りにしっかりしたものを食べた。肉じゃがに、さんまの塩焼き、それにとんかつ皿まで追加したのだ。一時間のウォーキングだってやった。

午前零時をまわると、ネット上にＳＡＲＡが現れる。

——今度は、本当の私をぶつける。

一局目は当然のように負けた。角換わりからの猛攻を受け止め損ねたのだ。中盤の底で、ＳＡＲＡ側に気付きにくい妙手《みようしゆ》が出た。でも、この負けはいつもと同じ負けじゃない。

二局目も三局目も負ける。どちらも華麗に攻め潰された。七海の強情な受けの網を掻《か》い潜《くぐ》り、終わってみれば大差だった。ボロ負け上等！

今まで通り、毎日のようにSARAと指し続ける。結果としては、以前よりもかえって苦しい局面が増えたが、七海は自分の中で確実に何かが変わり始めていることを感じていた。

そして、北森七海の将棋を指し始めて五十七局目。

初めて、SARAの攻めを全て受け止めた。中盤を過ぎ、金銀で抑え込み完了。関節技がぎちぎちに極《き》まって決して外れない状態を作り上げた。蜘蛛の巣にかかった蝶《ちょう》は舞うことなく、そのまま翅《はね》を折られたのだ。

それは七海の本来の才能が花開いた瞬間でもあった。

護池サラが女流史上最強の立ち業師《わざし》とすれば、七海は最強の寝業師になったとたとえられよう。相手の攻めを強く迎え撃ち、攻め形そのものを攻める。戦いの中で圧倒的な厚みを築き、空中で相手の首を絞め落とす。現代将棋において、受けの技術だけは「受けの秘術」などと呼ばれ、玄妙で言語化できないものだと考えられていた。七海はその一端を身に付け、指し手で表現し始めたのだ。

五年間、盤上で迷子になり、ただサラの背中だけを追い、模倣していた時間も無駄にはならなかった。最強の受けというのは、どんな方向から飛んでくるともわからない相手の攻めを全て読んでいなければならない。受けを知るには、まず攻めを知らねばならないのだ。

七海はその対局を境に、少しずつＳＡＲＡに勝ち始めるようになった。

角換わりで勝ち、矢倉で勝ち、中飛車で勝ち、穴熊で勝ち――。

結局、七海がトータル戦績でＳＡＲＡを超えるまでそこから六ヶ月、八百局の時がかかることになる。

半年間、ＳＡＲＡとの対局だけに集中していたはずなのに、不思議なことに、奨励会でも七海の勝ち星は増えていた。いつの間にか、例会で今まで嬉《うれ》しそうに対局していた相手の表情に緊張の色が見え始めた。カモから鷹《たか》にランクアップしたということなのだろう。

今までは、対局相手一人一人の得意戦法を事前に調べ、その形に持ち込ませないように策を弄《ろう》していたのだが、全てを真正面から受け止めるようになっていた。

鋼鉄の受けからの連想で――鋼鉄の処女《アイアンメイデン》。

三段リーグのライバル達からそう囁かれるようになった時、七海は四段昇段の一番を迎えていた。

8

成香《なりきよう》を自陣三段目まで引き付け、「成香冠《かんむり》」を作った瞬間、相手は駒台の駒を文字通り盤上に投げて頭を下げた。

　何とも呆気《あっけ》ない幕切れ。

　対局室を出ると、一斉にフラッシュが焚《た》かれ、眩しさに思わず目を閉じてしまう。

　世の中では、女性初の四段が出るかもしれないということで話題になっていたらしいのだ。久し振りに他人と喋ったので、インタビューの最初は上手く言葉が出なかった。出たと思ったら、堰《せき》を切ったように半年分の言葉が溢れ出し、そこで声がかれてそれ以上話せなくなってしまったほどだ。もちろん、自分が何を喋ったかは全く覚えていない。

　夜になると萩原塔子が弟子の依林に手を引かれながら現れ、七海に握手を求めてきた。朝から会館入りして、棋士室で七海の戦況に聞き入っていたらしい。

「やっと本当の第一人者・北森七海になったのね。おめでとう」

　七海は塔子の胸に飛び込み、少しだけ泣いた。

　塔子は七海の頭を撫でる。

「あなたは誰もが認める第一人者になった。あなたは誰かを目指す存在から、誰かに目指される存在になったんだよ」

　塔子は胸の中の七海を、巣立ちを促す母鳥のように軽く前に押し出した。

「ほら」

　塔子が指差した先には、一人の少女が立っていた。全く、塔子の直観はいつも魔法じみている。

少女は六寸盤を腕に抱えてはいなかった。セーラー服姿で、額に汗を流しながら、大きな花束を持って現れたのだ。

「夏緒！」

その少女、冬目夏緒は七海に花束を向け、頭を下げる。

「プロになりたい。わたしを、七海の弟子にしてっ」

突然の告白に七海はどう答えていいかわからない。せいぜい「おめでとう」と言われるぐらいのものだと思っていた。あれだけ七海を嫌っていた彼女が、自分のことを認めてくれたのだ。いや、思い返してみれば出会って以来、夏緒は七海を見続けていてくれた。

再び涙が込み上げてくる。

でも、まだ二十四歳なのに師匠になんて……。

「北森さんに一つだけ、年長者としてアドバイスをあげる」

塔子が口を挟む。

「誰かに目指される人になったら、その人は色んな形で責任を果たさないといけないの。でも、そんな堅苦しいことじゃなくてね、単純に、弟子を取ったら強くなる。何というか、もっと強くならなくちゃいけないって、彼女をみるたび思えるようになるのよ」

塔子はそう言って、傍らの依林の頭を撫でた。

七海は夏緒から花束を受け取ると、彼女の肩を軽く抱き、

「師匠には敬語を使うんだぞ」

と言って、軽く頭を小突いた。


祝賀会も終わり、深夜になってマンションに帰ると、七海はすぐにパソコンの電源を入れた。

ＳＡＲＡに報告しなければならない。そして、正体を聞かなければならない。

しかし、国際将棋道場の対局者欄に、「ＳＡＲＡ」の文字はなかった。毎日この時間にはログインしていたはずなのに。

嫌な予感がした七海は、プレイヤー検索機能を使って、「ＳＡＲＡ」と入力してみる。

結果は『該当《がいとう》なし』。

一年近くにわたって、ネット上に現れていた最強プレイヤー「ＳＡＲＡ」は、アカウントごとその存在を消していた。ネット上のサラの亡霊は、六年前にサラが消えた時と同じように、突然消えた。

――私にはもう必要ないんだ。

一年前の七海はサラを必要としていた。サラに逃げ込もうとしていた。今の七海は違

う。もうサラがいなくても、真っ直《す》ぐに前を向いて歩いていける。サラが帰ってきたその時には、第一人者として正々堂々彼女の挑戦を受けて立つ。

七海はマンションの窓から、空の星々を眺め、明日からの生活に思いを馳《は》せた。プロ棋士としての生活、女流棋士としての生活、師匠としての生活、そして一人の女性としての生活。たくさんのものを背負って、苦しく楽しく歩いて行く――。

エピローグを遮《さえぎ》るように、唐突に携帯が震える。

表示は『鍵谷英史』。サラを探していた棋士の名前。

七海は通話ボタンを押し、携帯を耳に当てた。

「北森か。結論を言おう。ネット上のＳＡＲＡは、護池じゃなかった。俺の勘は正しかったんだ」

「おめでとう」の一言すらなく、ぶっきらぼうに言い放つ。

「理由を教えて」

努めて冷静に、お腹《なか》の底から声を出す。

「お前には真実を知る権利があると俺は思う。だが、今のお前は多くのものを得た。それで充分に生きていける」

「何もったいぶっているんです？　私は彼女のことを知りたい。それじゃ駄目ですか」

暫くの沈黙の後、鍵谷は言った。

「明日、朝九時、東京大学正門前に来い」

「東京大学？　そこで何がっ……」

返事をする前に、通話は切られていた。

9

新大阪から始発ののぞみに乗って、東京大学の正門に着いたのは九時ちょうどだった。

平日のキャンパスは、学生達で溢れている。木の陰で本を読んでいるリュックを背負ったオタクっぽい男の子も、お喋りをしているモデルみたいな女の子も、構内を駆ける体育会系の男の子も、みんな難しい試験を合格してここにいるのだと思うと、眩暈《めまい》がした。

鍵谷の姿はまだ見えない。

あの後、深夜に梅安に電話をかけ、取材の予定をキャンセルして貰ってまで大阪から駆けつけている。何もないのだとしたら、本当に馬鹿みたいだ。

それにしても、何故、東大なのだろうか。

七海は将棋界を去ったサラが、東大に合格し、東大のパソコンからインターネット将棋をしていたのではないか……と考えたりもした。

でも、あまりにも荒唐無稽《こうとうむけい》だし、鍵谷は昨夜の電話で、こう言っていたのだ。

——ネット上のＳＡＲＡは、護池じゃなかった。

では、誰だったと言うのか。結局、気になって一睡もできなかった。新幹線の中でも、「昇段の記」の原稿を埋めながら、ずっと考え続けていたのである。

九時を十五分ほど過ぎた頃、ジャケット姿の鍵谷が、向こうからゆっくりと歩いてくるのが見えた。眉間に皺を寄せ、宙の一点を見つめながら、何かを考えている様子だ。

鍵谷は正門の前でも立ち止まらず、そのまま七海の前を通り過ぎていく。

「鍵谷先生……。鍵谷先生！」

大声で呼ぶと、ようやく歩みを止め、振り返った。

「来てたのか」

予想外の出来事とでも言いたげに吐き捨てると、再び歩き始める。

「来てたのか——じゃないですよ。説明してください」

七海は鍵谷の横に並んで歩く。周りから見ると、不良教授とそれに追いすがって質問をする学生、という感じだろうか。

鍵谷は簡潔に答える。

「ＳＡＲＡのＩＰアドレスを割った」

「ＩＰアドレス？」

鍵谷が横目で睨む。

「発信元を特定した」

そこまで聞いて七海は鍵谷が何をしたかを理解した。国際将棋道場は有名なプログラマーが管理人をしており、セキュリティの堅固さが売りの一つだったはずだ。鍵谷は一年近くをかけ、何らかの方法を使って、それを突破したのだ。

「どこだったんです？」

「東京大学のある研究室だ。ＩＰアドレス情報を書いたメッセージを送ると、アカウントごとＳＡＲＡが消えた。そして、俺宛てに招待状が届いた」

差出人欄には『東京大学情報処理工学研究所特別アドバイザー・桂木《かつらぎ》想《そう》』と書かれていたそうだ。七海はその名前に聞き覚えがあるように思えたが、すぐには思い出すことができなかった。鍵谷は低く押し殺したような声で言う。

「――将棋の終わりに招待します。奴はそう書いてきた」

「将棋の終わり……」

それはプロ棋士になったばかりの七海にとって、不吉な言葉に思えた。

研究室棟四階、第七講義室。そこが、鍵谷が指定された場所だった。中からは、切れかけの電球が出すような低い音が聞こえてくる。

七海と鍵谷はその前で立ち止まっていた。外から中の様子を窺い知ることはできない。ここを開けてしまえば、何か途方もない場所に繋がってしまうのではないかという予感は、何も七海だけのものではないようだった。

「鍵谷先生、それに……北森先生。もういらっしゃっていたのですか」

後ろから声がかかる。

立っていたのは、白衣をまとったショートボブの女。胸の辺りに身分証をぶらさげており、工学部の院生であることがわかる。

「桂木先生がお待ちです。さぁ、中へどうぞ」

女は、七海と鍵谷を講義室の中へと押し込むと、後ろ手にドアを閉めた。

中は日中なのに暗い。窓側に暗幕が下ろしてあり、日光が入ってくるのを防いでいるのだ。

「ようこそ我らが聖域へ。鍵谷くん、北森さん」

男の声が響いた瞬間、薄明かりが灯《とも》り、講義室の前面にパソコンの画面が映し出される。室内には既に数十人の聴衆がおり、授業の最中に迷い込んだようだった。

プロジェクターの光に照らされ、壇上でマイクを握っている男の顔が露《あら》わになる。

――こいつが桂木想。

神経質そうな顔立ちは、生真面目《きまじめ》な中年管理職を想起させた。

七海は思い出す。桂木は護池サラの義父・瀬尾健司の親友だった男ではないか。プロ棋士になることができなかった元奨励会員であり、サラが世に出るサポートをした男でもある。

「サラは、護池サラは今どこにいるんですかっ」

七海の問いに、桂木は目を閉じて首を振った。

「護池サラ本人のことは知りませんよ。まぁ、立ってないで掛けてください。それについてはおいおい講義の中で明らかになるでしょう」

院生に勧められ、七海と鍵谷は講義室の一番後ろの席に腰を下ろす。敵の陣中である。黙って受け入れるしかなかった。

桂木は七海達のほうに向けて、ウインクを一つ飛ばすと、再び話し始めた。

「みなさんは『チューリングテスト』という言葉を御存知でしょうか？　ここに集まっていらっしゃるのは、僕の研究内容に興味がある方々だ。知らないわけはないでしょう。しかし、被験者である鍵谷くんと北森さんは御存知ないかもしれない。一応説明しておきましょうか」

桂木は語る。

ついたての向こう側に、一台の「機械」と一人の「人間」がいる。そして、「判定者」として別の人間がついたての前にやってくる。「判定者」はついたて越しに、「機械」と「人間」それぞれとチャットを行う。「判定者」はどちらが「機械」でどちらが「人間」なのかを知らされていない。

この時、「判定者」が、どちらが「人間」でどちらが「機械」なのかを確実に区別できなかった場合、この「機械」には知性があると言うことができる。

この実験のことを考案者のアラン・チューリングにちなんで「チューリングテスト」と呼ぶ。


聴衆達は理解しているようだったが、七海には抽象的過ぎていまいちピンと来なかった。隣の鍵谷はと見ると、相変わらず厳しい表情を浮かべている。

「さて、北森七海さん。……おっと、紹介を忘れていました。彼女は女流棋士で、つい昨日、女性で初めてプロ棋士四段になられた方です」

桂木の紹介に、聴衆達が一斉に拍手をする。

「北森さんはこの一年ほど、インターネット上で、ある人物と将棋を指し続けてこられた。そうですね？」

「はい……」

「それは、エス、エイ、アール、エイ。SARA《サラ》。間違いありませんね」

「間違い、ないです」

「あなたは、SARAを護池サラ本人だと考えた。そうですね？」

「ええ。そうですが」

この男は一体何が言いたいのだろう。七海は実験動物のような決まりきった反応しか返せない。

「その様子では、先程の僕の『チューリングテスト』の解説もあまり理解されていないようだ。いいでしょう。具体例がないとわかりづらいのは確かですから。ついたての向こう側にいるのが、ネット上のSARAというプレイヤーで、北森さんは『判定者』ということなのですよ。僕達のグループは、インターネットというついたてを使って、実験を行っていたのです。SARAの正体を当てるゲームとでも言いましょうか」

桂木は、七海や鍵谷、その他の何人かの将棋指しを利用して研究を行っていた、と続けた。

その意味するところは何なのか。嫌悪に近い感情が胸の底から込み上げてくる。

「ネット上のSARAは、一体何だったというんですか！」

七海は立ち上がり、叫ぶように言った。

桂木が手元のキーボードを押すと、スクリーン上に映っていた映像が切り替わり、ネット将棋の対局画面が映し出される。

「国際将棋道場……。私とSARAの将棋だ……」

映っていたのはSARAと指した最初の将棋だったので、指している本人にしか表示されない画面である。SARA側の操作画面だった。七海ははっきりと覚えていた。

やがて、カメラがゆっくりと引いていき、操作している人間の姿が明らかになってい
く。七海は血の気《け》が失《う》せていくのを感じた。

パソコンの前に座っていたのは、桂木想だった。映像の中、彼は嘲《あざけ》るような表情でキーボードを叩いていた。

「あなたがサラの将棋の真似を……。ありえ、ない」

「よく見てくださいよ?」

桂木は指示棒で、映し出された画面を叩く。

国際将棋道場のウィンドウの横に、小さなウィンドウが並んでいた。そこに次の指し手が表示され、SARAはそのプログラムが指し示す通りに駒を動かしている。

桂木は映像の中と同じ醜悪な笑みを浮かべて言う。

「そうです。SARAは我々が独自に開発した将棋プログラムの名称ということなのですよ。我々はそれを使って、ソフト指しを行っていた」

七海は足元が崩れていくような感覚に襲われる。

――ソフト指し。

コンピュータ将棋が示す手をカンニングしながら、ネット将棋を指すこと。

市販の将棋ソフトを使って、ソフト指しをすることは、ネット上の多くの対局サイトにおいて禁じられていた。ソフト指しは対局者に不公平感と不快感を与えるからだ。ソフトを駆使する悪質ユーザーを突き止め、排除するという「ソフト狩り」システムは健全で格式高い将棋サイトには必ず導入されている。当然、国際将棋道場にもこのシステムは入っていた。

ソフト指しハンターは統計学的な手法を用い、任意の将棋プログラムが出す候補手との一致率によって判定を行う。しかし、市販されていないオリジナルに開発された将棋プログラムを、人間ではないと見抜く方法は原理的に存在しない。

もちろん、七海もＳＡＲＡが独自ソフトであるという可能性は考えた。猛烈な速さで進化を続ける将棋プログラムの強さは充分に知っているつもりだったからだ。トップクラスの棋士達が、エキシビションマッチで次々に敗れていることも知っている。

それでも、ＳＡＲＡをサラだと思ったのは、ただ強いからという理由ではなかった。指し手の一つ一つがあまりにもサラらしい個性に溢れていたからなのだ。将棋プログラムでは絶対に再現できない固有性がその一手一手に宿っていた。

――それでもＳＡＲＡはソフトだったのか……。

「そう、純粋にＳＡＲＡより将棋が強いだけのソフトは我々が既に開発しているし、今も進化を続けている。今回の実験の目的は別のところにあった。実在の棋士が指す、個性豊かな将棋の模倣——。我々は、護池サラという将棋史上でも特に個性の強い、最強の女流棋士のコピーを作ることに成功したというわけなのですよ」

桂木は興奮しながら、その歴史的意義について語り続けた。

「将棋ファンが、江戸時代の名人と指したいと思った時、時代を越えてそれを実現することができるのです。また、歴代で最強のプレイヤーが誰だったかという不毛な議論にも終止符を打つことができるでしょう。プログラムを組んで、直接対局させればいいだけの話なのですからね。タイムマシンなんていらないわけだ」

講義室に笑いが起こる。歯を食いしばっているのは、この部屋で七海と鍵谷だけだった。

「他の棋士のコピーはできているんですか？」

聴衆の一人が質問を飛ばす。桂木は「いい質問です」と前置きして答える。

「残念ながらそれはまだです。一人の棋士を模倣したプログラムを作るには、その棋士に関する膨大な情報が必要だからです。棋譜も一万局分は必要ですし、彼や彼女が一つの局面に対してどのような捉え方をするかを知る必要があります。その点、護池サラには充分な情報の蓄積があり、彼女が持つ特異な盤面認識能力がプログラムでの再現に役立ったのです」

桂木が言うには、サラに将棋を教え続けた瀬尾のノートが模倣成功の背景にあったのだという。指導者の瀬尾はサラの十歳から十四歳までの、百数十冊にわたる綿密な成長ノートを付けていたのだ。

サラは将棋の局面を共感覚によって捉え、盤上に色や風景を視ることができる。そのことによって特異な盤面認識能力を獲得しており、より遠く、より深くを視ることができた。それはコンピュータソフトとは対極の、ある意味人間らしい世界認識の方法だと思われていた。

盤上で駒が唄《うた》い、踊る。風景が流れ、一つの物語が作り出される。それを視る盤上の巫女《みこ》は、金髪碧眼《きんぱつへきがん》の少女。あまりにも人間らしく、あまりに詩的で美しい。

とは言え、深く読めるだけでは強くなれないというのが、将棋の面白いところだった。たとえ数億手読もうとも、読んだ先の局面の善悪を判断できなければ、間違った手を選んでしまうのである。

そこで瀬尾は、サラに局面の価値判断、大局観を徹底的に教え込んだのだった。それは「柔らかな香車現象」と名付けられ、彼女にとってのブレークスルーとなり、女流名人を奪取する原動力にまでなるのである。

「護池サラの将棋の捉え方は一見、ソフトが持っていない人間特有の『感覚』を駆使した、まさに人間の能力の粋《すい》を集めたものだと当時は考えられていました。しかし、僕達は素朴に思ったのです。瀬尾が行ったサラの大局観への方向付け・条件付けは、まさに我々ソフト開発者が行う『評価関数』の微調整に他ならないではないか、とね」

「評価関数」というのは、コンピュータ将棋が一つの局面の形勢を判断する基準となる数式である。完全に正しい評価関数を得ることができれば、多くの手が読める分、ソフトは人間に圧勝することができるだろう。しかし、将棋というゲームは複雑で、あまりにも多くの指標《パラメータ》が存在するため、完全なる評価関数という聖杯を得るのは至難の業なのだ。

桂木達のチームは、瀬尾がサラに将棋を教育した方法をなぞりながら、評価関数を鍛えていったのだという。そうして、天才将棋少女・護池サラ十四歳時のコピーを完成させた。七海にも見分けることができなかったぐらい、精巧な紛いものとして。

「充分に発達した科学は魔法と区別がつかない——と、あるSF作家は言いました。では、私達はこう言いましょう。充分に発達したコンピュータ将棋は、最早人間と区別がつかない——とね」

桂木は得意げにそう言った。

七海はショックを隠し切れず、俯いたまま顔を上げることができないでいた。コンピュータが人間を上回ることは許せる。計算機は人間より速く正しく数学の問題を解き、自動車は人間よりも速く走る。なるほど科学の進歩だろう。でも、人間が最後の砦《とりで》として守っている個性まで模倣されてしまうとすれば、どうなのだ？

口には出さないが、桂木がしようとしていることの意味は明白だった。

――人間から、プロ棋士から、将棋を指す意味を奪う。

護池サラという超個性でさえ、再現してしまえるという現実を見せつけることで、彼は将棋の息の根を止めようとしているのだ。

「サラは、本物の護池サラは、今どこで何をしているんですっ」

七海は下を向いたまま叫んだ。

「僕の知ったことではありません。彼女は将棋に絶望して逃げ出したのでしょう？　もしかすると彼女の共感覚は、こうなることを予見していたのかもしれませんね」

「瀬尾さんは……」

「瀬尾健司は僕にノートを託して消えました。僕達に、自分の大切な娘の将棋を永遠のものにして欲しかったのでしょう。僕はそう受け取りました。それに、あなたは六年前に実現することのなかった護池サラとの再戦を果たすことができた。僕はお二人のファンだったのです。正直感動しましたよ。――さて、北森さん。これでもこれからあなたが将棋を指す意味はあると思いますか？」

コンピュータが人間の個性さえも模倣してしまう時代。そんな時代に人が将棋を指す意味というのは何なのだろうか？　突然大きく開いた底の見えない穴に吸い込まれるような感覚を覚え、七海は頭を抱えた。

「意味はある。惑わされるな、北森」

隣にいた鍵谷が、はっきりとした口調で言う。

「ほう、鍵谷くん。それはどういう意味でしょう？」

桂木が詰問する。

「最終的に導き出す手が同じでも、プロセスは違う。機械は彼女のように、将棋盤に宇宙を視ない。俺達が将棋を指す時に感じている心の動きは俺達だけのものだ。他のことは一切関係ない。関係することができない」

鍵谷の言葉に勇気付けられた七海は顔を上げ、壇上の桂木をキッと睨み返した。

桂木は「サールの『中国語の部屋』ですか」と、よくわからない専門用語を呟く。

「確かに鍵谷くんが言う通り、人間の主観的体験は他者によって踏みにじることはできません。しかし、エンターテインメント、興行として第三者が将棋を見る場合はどうでしょうか？　将棋の強さにおいても、個性の実現においてもコンピュータが上回ってしまった世界に、スポンサーたる新聞社はこれまで通りに金を出すでしょうか？」

明らかに研究者の領域から外れた、敵意ある桂木の発言に場内がざわめく。

「桂木想、あんたは何がしたい？　自分がプロになれなかった将棋界への逆恨みか？」

「それは心外です。ステレオタイプな考え方と言っていい。僕は誰よりも将棋を愛している。愛しているからこそ、このゲームは僕がこの手で殺したい。終焉《しゅうえん》を看取《みと》りたいんだ」

「将棋は、そんなことでは死なない。それに俺達はまだ負けていない」

鍵谷は断言する。二人の男の相反する信念が、講義室の真ん中でぶつかり合っていた。

桂木は、コンピュータ将棋を使うことで、将棋から神聖さを奪ってしまおうとしている。魔術的領域を無くしてしまおうとしている。一方の鍵谷は、人間への絶対的な信頼を持っているようだった。

――人生や将棋を投げ出し、中途半端に生きているこの男が、何故そんなにまで人間への確信めいた絶対的信頼を抱《いだ》けるのだろう？

七海は隣の男を頼もしく感じながらも、不思議に思ってしまうのだった。

一瞬言葉に詰まった桂木は、手元のコップの水を一気に飲み干す。

そして、まくし立てる。

「確かにまだ人間の名人は、公の場でソフトに負けてはいません。でもそれは、対局を行っていないからに過ぎない。勝負から逃げているんだ。とは言え、それも過去の話。連盟もそこまで馬鹿ではありませんでした。我々のソフトと名人とで、二年以内に公開対局を行うという話が進んでいる最中なのですよ。確かに彼らとしても、将棋を現金化する最後で最大のビジネスチャンスですからね」

ソフトvs名人の世紀の対局——。桂木の口から爆弾発言が飛び出す。名人が公の場でソフトに負けてしまえば、将棋のこれまでの権威は地に落ちる。

「SARAじゃ名人に勝てないと思うぜ」

「当然です。SARAは実在の棋士の模倣に徹したプログラムでしたからね。名人と戦うのは強さに特化したプログラムになります。ただ純粋に強い。もちろん、SARAを元型にして自動学習を重ねたわけですが……。ところで鍵谷くんは、護池サラ出生に関する逸話を御存知か？」

鍵谷は鼻から息を吐き、顔を背けた。

桂木いわく、護池サラはブラジルの小さな村で生まれた時、立ち会っていた郷土の魔術師から「この娘はこの先、関わる世界の一つを滅ぼす」と予言を受けたのだという。

茶色の目を持つ母マリアからは生まれるはずのない青い目を、サラは持っていた。魔術師はそこに凶兆をみたのかもしれない。あるいは本物の霊感によるものか。

「僕は魔術師の予言を信じる。僕が成就させてやる。護池サラが滅ぼすのは将棋界だ。瀬尾と僕達が見出《みいだ》し育て上げた、夢の少女、サラを元型にして、将棋の息の根を止めてやるんだ。僕達から将棋への、一方通行のラブレターさ。SARAの強化版には、もう名前を付けてある。『ヘックス』と言う。英語で『魔女』の意だ。将棋を終わらせるもるのに相応《ふさわ》しい名前だとは思わないか？　僕らの女神、護池サラが将棋を終わらせてくれる。壮大なるゲームのエピローグとして、美しいとは思わないか？」

　七海の隣で、鍵谷は震えていた。感動ゆえではなく、恐怖ゆえでもない。彼は怒り、憤っているのだ。無愛想で不機嫌で、何事にも真剣になることを諦めてしまった男――。七海の知る鍵谷はそういう人間だった。

　しかし、今隣にいる男は、本気で怒っている。その怒りは、桂木に向いているのか、世界全てに向いているのか、自分自身に向いているのかは見当が付かない。

「させない。終わらせなどするものか」

「僕を殺すか？　鍵谷くん。残念だが、僕が死んでも企画は動く。僕が死ぬことによって、もっと盛り上がるだろうねぇ。それともなんです？　あなたが二年以内に名人になって、ヘックスを迎え撃ちますか？　トップクラスから落ちて何年になるのです。あなたには怒る権利も与えられていない。できるのは僕達が世界を変えてしまうのを、指をくわえて見ていることぐらいなのですよ」

　桂木はそう言って高らかに笑う。真面目な役人然とした面構えが奇妙に歪んでいる。自分が正しいと思っていることを積み重ねてきた果てに、どこか螺子《ねじ》が一本飛んでしまった男の顔だった。

「行くぞ。北森。ここにいても意味はない」

鍵谷に促されて立ち上がる。七海もこの場所には、一秒もいたくないと思い始めていた。

去り行く七海の背に、桂木が声をかける。

「北森さんは知っていましたか？　萩原塔子が最初からSARAの存在を知っていたことを」

SARAの正体を聞かされた瞬間から、七海もそのことには勘付いていた。本当にサラがネット上に蘇《よみがえ》っていたならば、一番勝負をしたいのは彼女だっただろう。

「構うな、北森」

鍵谷が七海の手を摑む。七海は鍵谷に手を引かれ、振り返らずに講義室を出た。

鍵谷は大学の構内を出ても、立ち止まることなく、憤然とした様子で歩き続けた。七海も黙って一緒に歩く。東京をこんなにも歩くのは初めてのことだった。繰り返す同型の街路とビル。どこを通っても強い既視感に襲われる。砂漠の中を延々と歩いている心地さえした。無味乾燥で膨大な計算の果てに、人間さえ模倣してしまう機械仕掛けの化け物を思った。

——機械仕掛けの化け物は、果たして涙を流すだろうか？

歩き続けることで、怒り、やるせなさ、喪失感が別の感情に変わっていくのがわかる。

——結局、本物のサラには辿り着けなかった。

七海はこれまで、サラとまともに話をしたことがなかった。彼女と将棋が指せれば充分だと思っていたし、同じ女として将棋以外の部分で彼女に魅力を見出すことはなかった。彼女の指す将棋だけが、彼女の全てを表現しており、その他はないと思い込んでいた。

SARAを相手に足掻《あが》き、プロ棋士四段になるまでのこの一年、七海が向かい合っていたのは、護池サラという一つの概念だった。それだけで精一杯だったのだ。

そして今、本当の意味で知りたくなっている。

——サラ、あなたは何者だったの？

心を持った一人の人間としての護池サラに思いを馳せている。

都市は熱を孕《はら》んでいた。全身にじっとりとした汗が張り付き、重くだるい。

鍵谷は突然立ち止まると、ビルの狭間《はざま》の空に目を細めて、口を開く。

「俺は……名人になりたい」

先程のことがなければ、七海は冗談かと笑い飛ばしたことだろう。

鍵谷が今いるのは、B級1組だ。六年以上前の全盛期には、棋界に十人しかいないA級のトッププロとして君臨し、あと十年は落ちることがないと太鼓判を押されていた。

しかし六年前、サラに負けて以降、鍵谷は将棋に対する意欲を失い、若手や再起したべテラン棋士達の波に押し流されるようにしてB級へと落ちたのだった。そして、今に至るまで昇級する気配は全くなかった。それ以上落ちなかったのは、上がりにくく、落ちにくいという将棋界特有の構造ゆえだった。

鍵谷が二年で名人になるには、B級1組、A級のリーグ戦を連続で昇級・優勝し、その上で名人との七番勝負に勝たなければならない。

大それた話だった。

「俺は名人になり、ヘックスを止める。遠く向こう側にいる、あいつらに示してやらないといけない。俺達が作り、目指したものには意味があったんだって」

「芥川ジュニアは、最強コンピュータに負けますか？」

七海は問う。

五年前、前代の大名人・芥川慶一郎《けいいちろう》から過半数のタイトルを奪い、第一人者となったのは、その息子・正純《せいじゅん》だった。彼は鍵谷が先鞭《せんべん》をつけるも完遂することができなかった世代交代を、ほぼ一人で行ったのだ。史上最強の誉《ほま》れも高く、将棋ファンは密かにこの最強名人とコンピュータの対決を心待ちにしている。このジュニアが負ければ、諦めもつくというのがファンの心理なのだった。

「関係ない。これは俺がやらなきゃ駄目なんだ」

そして鍵谷は続ける。

「力を貸して欲しい。北森、俺の研究パートナーになってくれ」

あの不器用で不作法な男が、今にも泣き出しそうな顔をして、七海に頭を下げている。十歳近く年上のはずの長身の男が、この瞬間、子どものように見えた。

「私は四段になったばかりです。名人になろうという人の役になんて……」

「俺はお前を見ていた。お前はどんな時も挫けなかった。立ち上がってすぐに歩き出した。俺はお前のそんな心の強さが欲しい。傍《そば》にいてくれるだけでいい」

鍵谷はきっと、ネットでのSARAとの対局を見ていたのだろう。

七海は決して強い心を持っていたわけではなかった。駄目になりそうな時、いつも誰かが背を押し、手を差し伸べてくれただけだった。ある時は塔子が、梅安が、ある時は夏緒が。

「俺が挫けそうになったら、頬を引っぱたいて欲しい。それだけなんだ」

情けなく懇願する目の前の男に、自分は何かをしてやることができるだろうか。

確かに、SARAの正体を探り、その真実を教えてくれたことには感謝している。でも、人と人とを強力に繫ぐにはまだ足りない。

「一つ、条件があります。教えて欲しいことがあるんです」

七海はそう前置きをして言う。

「護池サラは、一体どういう人間だったのでしょうか？　あなたにとって彼女は何だったのですか？　一緒に戦う者として聞いておかねばなりません。これは絶対に譲れません」

七海は全身全霊で聞いている。

サラが何者であるかを聞くことは、鍵谷が何者であるかを聞くに等しい。サラはいつだって、向かい合う相手の本質を映し出す鏡だったのだから。

——あなたは名人たりうる人間か？　将棋史の全てを背負い、最強の機械に向き合う資格のある人間か？

七海は間接的にそう問うている。

鍵谷は何も答えず、頭を上げると、再び歩き始めた。

「逃げるんですか」

七海は鍵谷の背に強い言葉を投げつける。

鍵谷は振り返らずに言う。

「ついてこい。話すのに相応しい場所がある」

七海は大きく頷いて、鍵谷の後を追った。

第二章　早春の譜

1

二十三年前、鍵谷が十歳の時の、早過ぎた春の日々のこと——。

早春の海風を受けながら、鍵谷英史は駆けていた。

海沿いの県道からは遠く白く灯台が映え、足下を覗《のぞ》けばテトラポッドが蒲公英《たんぽぽ》のように群生しているのが見える。水平線は遥《はる》か彼方《かなた》。少年は前だけを向いて、息も切れ切れに走る。バスの発車時刻まであと数分。

半年前に買い替えた黒いランドセルは、もう傷だらけで、膝《ひざ》や肘《ひじ》はいつもかさぶたに覆われている。腕力がない癖に妙に意地っ張りだった英史は、売られた喧嘩《けんか》を必ず買ってしまうのだ。

からかわれやすい性格だった。

走るたびに、風に交じってガチャガチャと撥《は》ねた音が鳴る。英史は手にノート大のマグネット盤を携えており、音はその中から聞こえていた。磁石駒《じしやくごま》の奏でる打楽器音。

彼の王国の楽隊が打ち鳴らす、進撃の音だ。

バス停に着くと、膝に手をつき、肩で息を吐く。英史の他に人影はない。顔を上げると、道の向こう、バスの背が小さく消えていくのが見えた。

間に合わなかった——。英史は項垂《うなだ》れる。

「早く指したかったのにな」

拗《す》ねた呟《つぶや》きを口に出すと、時刻表の上にとまった海鳥が、哀れむような甲高い声で啼《な》いた。

ランドセルをベンチに置き、その横に腰を下ろす。次のバスまであと一時間。

手紙を取り出して広げ、マグネット盤の上に駒を置いていく。中には図面が描かれてあり、「明日への一手　その二十五」という文字が見えた。半年前に去って行った力武《りきたけ》先生から毎週届くものだ。それは少年と外の大きな世界を直接繋《つな》ぐ、たった一本の糸だった。

「どれぐらい強くなったら、先生は迎えに来てくれるのだろう」

夢見るような自分の声が、春の海風の中に消えていく。

英史が夢中になっているのは将棋だった。どちらが先に相手の王様を取ることができるか——という戦略ゲームで、案外に奥が深い。コンピュータゲームは一度覚えてしまえばクリアできるものが多いが、将棋は毎回違った局面になる。彼は、八十一マスしかない狭い盤面に、不思議と自由を感じるのだった。

同じ時期にルールを覚えた子ども達は、既に別の遊びに興味を移してしまっている。プレステ、ミニ四駆、ヨーヨー、サッカー……、将棋は田舎《いなか》の小さな子ども社会での一時の流行でしかなかった。学校の中には教師達を含めて、もう敵はいない。

強敵を求めて、英史は放課後の小さな街を駆け回ることになる。先生から来る将棋の手紙だけでは物足りなかったのだ。公園でいつも日向《ひなた》ぼっこをしている老人、工場の休み時間に将棋盤を囲んでいる労働者達、港の漁師の腕っきき――。人から人を訪ね歩き、対戦相手を探して彷徨《さまよ》い続けた。

勝てばもっと強い人を紹介して貰《もら》うことができる。まるで、ＲＰＧを彷彿《ほうふつ》させるようなシステムが自然と働き、相手に困ることはなかった。

最近、ようやく英史が勝った相手は、介護施設入所者の鵺木《ぬえき》だった。初段を自称する老人は戦争時分、部隊で一番強かったらしい。

「上官にだけは上手《うま》く負ける。生き延びるコツだわな」

ほっほっほと笑う鵺木の強烈な棒銀《ぼうぎん》に、いつも苦しめられていた。全く勝てなかった英史だが、老人は指しながら受け方を教えてくれた。そして、英史が興味を失わないように上手く負けてくれたのである。滅多に家族が訪ねてくることのない彼にとって、英史はよき暇潰《ひまつぶ》しの相手だったらしい。

そんな鵜木老人が、やっと次の対戦相手を教えてくれるというのだ。

「山の上の病院に将棋に凝った子どもがおる。この鵜木より強いかはわからんがね。坊やが街の外へ行くための最終考査になるだろう」

「全部やっつける」

大きな街には敵《かな》わない相手もいるだろうが、この小さな街では自分が一番強くなったとの自負がある。しかも相手は同じ子ども。負けるわけがなかった。

鵜木老人は実の孫を見るように、穏やかに微笑《ほほえ》む。

「坊やに友達の作り方を教えておいてやろう。見たところ、同年代の友達がおらんでな」

「友達なんていらない」

英史は粋《いき》がるが、鵜木は取り合わない。

「一緒に悪いことをするんだ。一生の友達になる。特に小さい時にはな」

そう言うと、老人は目を細め、何もない空を見上げた。

英史は老人の言った子どもの名前だけを胸に刻み込む。

バス停で将棋の問題に没頭していると、不意にクラクションが鳴る。

「誰や思うたら名人やないか。何しとる？」

かつて倒したことのある工場長が、軽トラの窓から顔を出した。たどたどしく事情を話すと、病院まで送ってくれると言う。工場長というのはあだ名で、実際は資材調達をやっているらしい。英史は彼の好意に甘えて、車に乗せて貰うことにした。

「あそこの病院で子ども言うたら……」

車中、工場長は何かを言いかけて口を噤《つぐ》む。

「何でもない。友達になれるとええな」

「友達？　敵だよ、敵。全部倒して、街を出るんだ」

学校にも家にも居場所はない。英史は将棋のプロ制度をよく理解していなかったが、強敵を倒して行ったその先に、自分だけの王国があると頑《かたく》なに信じていた。

工場長は自嘲《じちょう》するかのように微笑むと、それ以上何も言わなかった。夢を無邪気に語れてしまう子どもに、眩《まぶ》しさを感じていたのかもしれない。

病院の正面入り口で降ろして貰うと、受付で鵜木から聞いた相手の名前を告げる。

「白川《しらかわ》さん……ね。お友達？」

英史は暫《しばら》く考えた後で、黙ったまま曖昧《あいまい》に頷《うなず》く。

「そう、これから友達になるのね」

受付の女性は優しい目をして言った。

案内された通り、二階の渡り廊下を抜け、別棟のエスカレーターに乗る。三階の３０

2号室にその子どもがいると聞いていた。

渡り廊下を越えた辺りから、空気が重くなるのを感じた。とは言え、怯《ひる》む英史ではない。

病室のプレートに「白川粋《すい》」の名前があるのを確認すると、咳払《せきばら》いをしてドアを開けた。

「いない？」

四人部屋のはずだが、誰の気配も感じられない。手前の二つのベッドはもぬけの殻で、窓際の二つも……。

いや、いた。

四十五度に起こされたベッドに、少女が一人、細目を開けて窓の外を眺めていた。英史が誰もいないと思ったのは、少女のイメージがあまりにも「白」だったからであり、一瞬、ベッドと同化して見えてしまったのだ。

英史はついつい見入ってしまう。血管が透けて見えそうなぐらいに色白で、頭には包帯を巻いていた。今まで学校では見たことのない類《たぐい》の子どもが目の前にいる。体格は英史と同じぐらいで、どちらかと言えば彼女のほうが年下に見える。棚の上には数冊の本が重ねて置かれていたが、タイトルは英史が読めない難しい漢字で書かれていた。

英史は固まってしまい、声を出すこともできず、ただ見惚《みと》れていた。

少女は外を見たまま、微《かす》かな声を発する。聞き取れたのは彼女の口元を見ていたからだろう。風の音に消えてしまう程の囁《ささや》きだった。

「何をしに来た？」

昏はそう動いていた。誰だ、とは聞かない。きっと、そういう事柄は彼女にとって必要のないことなのだろう。

「将棋を……」

一歩一歩ベッドに近付き、腹の奥から絞り出すようにして答える。

彼女は何も答えない。英史は、学校のおわりの会のような、重苦しい空気を感じていた。

何か場違いな申し出をしているのではないか、という不安に息が詰まる。

暫くして、彼女は鼻を鳴らすように「ふうん」と言うと、細めていた目を大きく開いた。英史はようやく息を吐く。

彼女は英史が手にしているマグネット盤を見て、唇を尖《とが》らせていた。

「気に入らない？　もっといい盤がいい？　僕、とってくる」

英史は必死に喋《しゃべ》り始める。このまま帰れと言われるのが怖かったのだ。彼女には人を支配する見えない力があるように思えた。

「ちがう」

色素の薄い唇を動かして彼女は答える。

「もしかして、人違い？　白川粋だよね？　将棋が強いって言う……」

「白川粋はぼくだ」

「ぼく？」

「そう、ぼくを指す固有名詞。将棋が強いかは客観的にはわからない」

小難しい言葉を使っているが、本人で間違いないらしい。

「僕はこの街の子どもで一番強い。だから……」

英史の言葉が終わる前に、彼女は囁き始める。

「ぼくは駒を動かせない。薬が効いている」

思い起こしてみれば、英史が病室に入って来てから、彼女は首や瞼《まぶた》や唇を弱々しく動かしていただけだった。ずぼらなのではなく、身動きがとれないのだ。

「指せないのか……」

英史は肩を落とす。将棋以外に誰かと仲良くなる方法を彼は知らない。相手が美しく賢い女の子となると尚更で、それ以上言葉が出てこないのだ。

彼女は言う。

「動かせないだけだ。君、棋譜は理解できるか？」

「3四歩《ふ》とか、5六飛車とかだね」

英史の回答に、彼女は微かに頷いた。

棋譜というのは、指した手を示す符号のようなものだ。音楽で言う五線譜、野球で言うスコアブック。理解する者は、聞くだけで盤上で何が起こったかを正確に知ることができる。

「そう、魔法の言葉。君も指したら口に出してくれ」

英史が安心して頷くと、彼女はもう一つ提案してきた。

「何か賭《か》けようじゃないか」

「何を？　僕、お金持ってない」

賭け将棋は神様への冒瀆《ぼうとく》だと、先生が言っていた。とは言え、彼女に道徳を説くのは格好悪い。英史は困ったように首を傾《かし》げてみせた。

彼女は何でもないように言う。

「たとえば、命」

空気が凍る。

英史が固まってしまうのを見て、彼女はすぐに「冗談だよ」と言った。

だが、英史には彼女が同級生達のよく言う「命かける？」「地球が何回まわった時？」などという言葉遊びと、同じ意味で言ったようには聞こえなかった。言葉の中に一抹《いちまつ》の真実を感じていたのだ。

「じゃあ、こうしよう。ぼくが勝ったら君は一つ言うことを聞く。君が勝てば、ぼくは何でもやろう。死ねと言われれば、死ぬ」

彼女は改めて言い直したが、あまり意味が変わっているようには思えなかった。英史が戸惑っていると、彼女はさらに付け加える。

「文字通り、君はぼくのお願いを聞くだけでいい。実際に受けるかどうかは自由だ。さあ、どうだ？」

自信があるのか、自殺志願者なのかはよくわからない。英史は英史で自分の我を押し通すだけである。

「僕が勝てば、君は自分より強い人を僕に教える。これまでずっとやってきたことだよ。できればこの街の外の奴《やつ》がいいな」

彼女はそう言う英史に目を細める。微笑んでいるように見えた。

双方が了解すると、鍵谷英史と白川粋との一風変わった初対局が始まった。

食事用の机を彼女の前に引き出し、その上にマグネット盤を置いて、自分が指した手と彼女の宣言した手の両方を動かしていく。ペタリ、ペタリと磁石駒が張り付く音が聞こえる。鵜木老人直伝《じきでん》の棒銀を一切相手にせず、彼女は攻めてきた。

初めて見る形だ。英史は彼女の手に、大空を往《い》く鷲《わし》の姿を思い浮かべた。

十五手目で早くも互いの刃《やいば》が触れ合う。最高に刺激的な瞬間だ。

ものの十分も経たないうちに、一局目の勝負はついた。

「ない……」

声を発したのは鍵谷英史。一手差だが完敗である。斬《き》り合った瞬間に勝負がついていたようで、どこがどう悪かったのかわからなかった。

同年代の女の子に負けて、平然としていられる英史ではない。彼女に見惚れてしまっていたことも忘れて、駒を初期配置に戻し「もう一局」と声を掛ける。

彼女は淡々と将棋の言葉で答えるだけだった。

囁き声なので、彼女の口元にまで顔を近付けて聞かないといけない。

二局目も三局目も英史の負けに終わる。彼女の将棋は捉《とら》えどころがなく、攻撃が得意なのかも強い守備力があるのかもわからない。七局指して全敗だった。全ての局を違う形で対応され、それぞれ違う理由で負けた。見ている世界の広さが違い過ぎる。

「君は泣き虫なのだな」

彼女は囁く。英史は自分のあまりの弱さに、悔しくて涙を流していたのだ。

いつもの彼なら、こんな挑発的なことを言われたら殴り掛かっていたに違いない。しかし目の前の少女はあまりにも無防備で、英史にそんな気持ちを抱《いだ》かせなかった。それは相性だったとも言える。

負け続きで肩を震わせていた英史も、最後のほうには、彼女に対する尊敬の気持ちを抱くようになっていた。首をほとんど動かせないこの少女が、全く盤面を見ていないことに気付いたのだ。最初から目隠し状態で英史を圧倒し続けていたのである。

まるで魔法だ。

「まだやるかい？」

彼女の言葉に首を振る。

「君は、何者？」

震える声で問う。わかることは、英史よりも将棋が強いということだけ。どのくらい強いかは英史の力では測ることができない。そして、将棋よりも彼女がどういう子どもなのかが気になってしまった。

彼女は質問に答えず、逆に問い返してきた。

「覚えて何年になる？」

「半年」

「悪くない。才ある部類だ」

彼女が品定めするかのように目を動かし全身を見てくるので、英史はなんだか恥ずかしくなってしまう。小さく頷いて彼女は言った。

「もっと近くに寄りたまえ」

英史が近付くと、「もっと」と囁く。頬《ほお》と頬が触れてしまいそうな距離にまで近付く。

病院特有の薬の匂いが強くなる。胸の鼓動まで聞かれてしまいそうな距離だった。

対局前に賭けをしていたことを思い出す。英史は負けた。彼女は一体、どんな無理難題を吹っかけてくるつもりなのだろうか。

彼女は言う。

「君は大人が嫌いか？」

「嫌い」

「大人を倒したくはないか？」

「倒したい。……でもたくさん倒してきた」

学年主任、工場長、船長、鵜木老人……大人達を倒してきた果てに目の前の少女まで辿《たど》り着いた。会うことができたのだ。

「遊びでやってる奴らじゃない。本気で懸けてる大人だ」

「大きな街の段持ち？」

「もちろん。それも初段や二段じゃない」

「三段？」

「四、五段だ」

彼女は事も無げに言う。アマ五段の大人なんて大きな街でもそうはいない。英史とて初段を自称する鵜木老人に、ようやく勝たせて貰っているところなのだ。

「無理だ」

「無理じゃない。最後には名人だって倒すつもりだ。——君は、世界の向こう側を見たくないか？」

「世界の向こう側？」

「そう、本当の自由があるところ。君が頼みを聞いてくれるなら、ぼくが見せてやる。連れてってやる」

彼女の誘惑の言葉に眩暈《めまい》がする。

唇を噛《か》み、唾《つば》を呑《の》んで英史は言う。

「どうして欲しいの？」

彼女は一呼吸置いて強く囁く。

「ぼくの友達になれ。死ぬまで将棋を続けると誓え。一緒に名人を目指すと言ってくれ」

顔が近いので、彼女が息を止めていることがわかる。これは彼女にとっても、勇気のいる言葉だったのだろう。

英史は何の戸惑いもなく大きな声で、「うん」と答えた。それが二人の始まりだった。

それから英史は、毎日のように病院に通った。一ヶ月程すれば、粋も車椅子《くるまいす》を使ってなら、動けるようになっていた。英史と会う三ヶ月前に手術をしており、経過は順調なのだという。脳にできた腫瘍《しゆよう》を切り取る大手術だったようだが、あっけらかんとしていた。

粋が少女ではなく、少年だとようやく気付いたのもその頃のことだ。彼は英史の恥ずかしい勘違いを、屈託無く笑い飛ばしてくれた。

粋は英史の友達というよりは、師匠であり、よき兄貴分だった。将棋だけでなく、彼はこの世界のありとあらゆることを知っていた。学校に通わない代わりに、膨大な量の読書をしていたのだ。文学や哲学、政治、経済についての細かなことを熱心に語って聞かせてくれた。

鵜木老人の「一緒に悪いことをするんだ。一生の友達になる」というアドバイスも、もちろん実行に移した。

粋の車椅子を押して病院を脱走したのだ。大阪で開かれる将棋大会に参加するためである。粋の両親は心配性で、少しでも体力を使うようなことはさせてくれないらしい。だから粋は、今まで一度も将棋大会に出たことがなかったのだという。職員や看護師達の目を掻《か》い潜《くぐ》って、病院を抜け出すのは、二人にとって初めての大冒険だった。

瀬戸大橋を渡るバスの中で英史は言う。

「これが世界の向こう側だなんて、言わないよね？」

粋は窓の外を眩しそうに眺めながら答えた。

「君はぼくの願いを一つ叶《かな》えてくれた。今度はぼくが応《こた》える番だ」

粋は英史に宣言した通り、大会で大人の段持ちを次から次へと倒して見せてくれたのだった。この時、粋は兄貴分であるだけにとどまらず、英史のヒーローになった。

後で粋の両親と病院の先生達にこっぴどく叱られたけれど、粋は将棋の才能を周りの大人に認めて貰えるようになったし、何よりも二人は離れがたい親友になった。

粋はそれからも、英史より一歩二歩前を進み、手を引いて導いてくれた。特に将棋での粋の活躍は英史にとって誇らしく、まるで自分のことのように嬉《うれ》しかった。粋の後について行けば、世界のどこへでも行けるように思えた。

二人寄り添うようにして遊んだ日々は、僅《わず》か一年半程のことだった。それでも、人生で一番大切な一年半だったのだ。

小学六年生の夏休み、英史と粋は当然のように奨励会試験を受けた。一緒に名人を目指すには避けて通れない道である。粋は小学生ながらアマ県代表獲得実績を持っており、合格は確実だと思われていた。一方の英史は記念受験組と見做《みな》されていた。

「名人になるには東京がいい」

という粋の強い希望で関東奨励会を受験した。受かれば、粋の両親も喜んで東京に越す予定であるらしい。

英史は一日目、二日目の受験者同士の対局を四勝二敗で通過し、三日目の奨励会員との対局も二勝一敗で見事に耐え抜き合格した。勝利の余韻に浸りながら、幹事席に三局目の星取りを付けに行った時に、粋の成績も確認する。そして、自分の目を疑った。

黒星が三つ、仲良く並んでいたのである。最後の二個は四角黒であり、不戦敗を意味していた。

粋の体は、連続して長時間対局が行われる試験に耐えることができず、ついに三日目で力尽きてしまったのだ。

――落ちこぼれの英史が受かり、天才が落ちた。

英史が病院に駆けつけると、粋はベッドの上でバツが悪そうに笑っていた。

「どうやらぼくは奨励会という場所に向いていないらしい」

「こんなのおかしいよ。粋のほうが強いのに！　来年また受けるよね」

ずっと粋と同じ道を進んで行けると思っていたのだ。

「いや、ぼくはしばらく奨励会を受験しない」

「一緒に名人を目指すって言ったろ？　あれ、嘘《うそ》だったのかよっ」

英史は手元の布団をぎゅっと握る。

「今のぼくの体で奨励会を最底辺から駆け上がるのは無理だ。でも、諦《あきら》めたわけじゃないんだぜ。名人になる道は一つじゃない。体さえなんとかなれば、ぼくの強さは知っているだろう？」

「でも、秋から東京に行かなくちゃいけないんだよ？　粋と離れ離れになってしまう。一年じゃなくて、それが何年も続くかもしれないなんて耐えられない。僕は合格を辞退する」

「それは駄目だ。ぼくたちは同じ道を目指している限り、絶対に離れ離れにならないんだよ」

そう言って粋は、英史をじっと見つめてきた。それは、二人にしかわからない、言葉にはできない何かを、必死に伝えようとする眼差《まなざ》しだった。

英史は、かつて粋が語ってくれた彼の物語を思い浮かべる。


四国の小さな港街で二人が出会う三年前、粋が住んでいた街は一瞬にして崩壊した。冬の朝に突然、街が震えたのだ。阪神・淡路大震災――。死者・行方不明者が六千人を超えた広域大災害だった。

マンションが全壊した白川夫妻は親類を頼った。粋が入れる病院が近くにあるというのが、四国の親類の元に身を寄せた理由である。

粋はそれまで、自分のことを世界で一番不幸な子どもだと思っていた。普通の子ども達が普通に学校に行き、友達と遊んでいる中、自分は病室で鬱屈《うっくつ》した思いを溜《た》め続けている。二十歳《はたち》まで生きられないことも、専門書を盗み読みして自覚していた。

幼い頃から本の虫で、時間さえあれば本を読み、本が作り出す世界の中で遊んでいた。でも、紙の上にはありありとした生の実感がない。全て他人の物語であって、自分の物語では有り得ないことに気付いてしまっていた。

粋は公立小学校に籍だけ置いており、時折クラスメイト達から千羽鶴《せんばづる》や写真や寄せ書きが届くことがあった。

・早くよくなってね
・サッカーしたよ
・がんばれ
・いもほり大会おいしかった
・がんばれ
・学校こられるといいね

彼らが憎かった。妬《ねた》ましかった。彼らの幼さや無邪気さが癪《しゃく》に障った。先生が届けてくれた寄せ書きは、夜に細かく切り刻んでトイレに流すのが習慣になっていた。彼らは粋の何倍も生き、大人になり、自分がやりたいことをやれる。純粋に羨《うらや》ましかったのだ。

その日の朝、五時四十六分、病室が強く揺れた。粋は自分に発作が起こったのだと思った。脳疾患由来の激しい幻覚にはいつまでも慣れることができないが、耐えることはできる。外の世界では何も起こっておらず、自分の内側の世界が揺れているだけなのだ。息をこらして、嵐が通り過ぎるのを待つ。いつも通り、時間が全てを流してくれるはずだった。

やがて世界は輪郭を取り戻す。壊れて散乱する備品、歪《ゆが》んだ壁、呆然《ぼうぜん》とする患者、走り回る看護師達――。そして、ベッドから転げ落ちた自分を発見して、初めて外の世界のほうが揺れていたということに気が付いた。

――やっと世界が終わってくれた！

粋は、何の変化もない病院の日常からの、束《つか》の間《ま》の脱出に胸を躍らせていた。しかし、それはすぐに暗く黒く塗りつぶされていくことになる。圧倒的な現実を前に、子どもっぽいニヒルな態度はあまりに無力だった。

数日後からテレビで次々と流れ始めた訃報《ふほう》で、粋は、クラスの三分の一の子どもが死んだことを知った。その時にいた場所が悪かっただけ、という不運である。自分は病院にいたから助かったのだ。

粋は今ある世界に対して愕然《がくぜん》とする。自分の何倍も生き、人生を享受するはずだった子ども達が、自分より早く死んだ。少しの時間の猶予も与えられずに死んだのだ。恨み、妬んでいた人達が先に死んだ。

——何なのだ？　この世界の不公平さは。誰よりも人生の持ち時間が少ないと感じていた自分が、なぜ生き残っている？

入院していた病院は緊急避難先となり、粋は、引っ越し・転院が決まるまでの数日、避難してきた付近の人々と一緒に過ごした。粋はそこで将棋と出会ったのだ。教えてくれた老人いわく、将棋は十代二十代のうちに圧倒的業績を残す人間が出る競技だという。体が弱くても関係がない。死んでいった子ども達に比べれば、自分には有り余るほどの時間がある。その中で何か残してみたかった。ありありとした生きる実感を味わいたかった。閉ざされた病室の向こう側の世界に行ってみたかった。

四国の病院に移ってからは、膨大な時間を将棋の本を読んで過ごした。将棋には「定跡《じょうせき》」という決まりきった序盤のパターンがあり、名人・芥川慶一郎によって精緻《せいち》に体系化されていることを知った。芥川はそれを「芥川体系」という全二十巻の書にまとめ、現代将棋の前提を形作っていた。

粋にとって、芥川体系は高く囲われた壁だった。粋は人生を懸けて、先人達によって決められた世界の向こう側へ行くと決める。小さな街ということもあり、対局相手には恵まれなかった。だが、粋はそのハンデを全て独学で乗り越えてしまうのである。人に指導されずとも、勝手に強くなってしまう。まさに、原義通りの天才と言えた。

　将棋の大会に出ることを、両親は許してくれなかった。大会では、一日通して連続で対局が行われるため、粋の体調を心配したのである。二人は粋が天才であるということを知らなかったのだ。

　粋が執拗《しつよう》にねだるので、一度高い金を払って、連盟公認の指導棋士を病室に呼んでくれたことがあった。彼と将棋を指し、才能や将来性を判断して貰うのだ。

「白川くんは筋が悪い。プロの道は厳しいですので敢《あ》えて言っておきます。時間の無駄になります」

　芥川体系から外れた粋の「新手《しんて》」を、その指導棋士は素人《しろうと》特有の考えのない手と見ていた。長い修業の末、正式なプロになれなかったからこその、真摯《しんし》な答えだった。短く終わるかもしれない粋の人生を、自分のように無駄にして欲しくないという思いもあったのだろう。

　両親は彼の言葉を信じ、粋から将棋を取り上げ、「治ってからゆっくりと趣味でやろうね」と言ったのだった。粋も専門家筋からはっきりと才能が無いと言われたことで、自分に自信を無くしていた。

　それでも、薬の副作用で身動きがとれない時に脳裏に浮かぶのは、将棋の盤面だった。何もすることのない、異常な集中状態の中で、粋の独創的な将棋世界が構築されていった。前に本で読んで記憶していた棋譜を何度も反芻《はんすう》し、別解を探していく。過去の偉大な名人達に学びながらも、その外側の世界を求め続ける。ほとんど同じ形でも、一ヶ所配置が違うだけで全く異なる世界が目の前に現れる。そこに、自分だけが通れる向こう側の世界への「神様の抜け道」があるのだ。病床という特別な環境が粋の天才を完成させていた。

しかし、自分は病室を出ることがなく、誰に繋げることもできない。

この美しいもう一つの世界は、誰とも共有されることなく病室に消えていくのか。

——それはそれでいいのかもしれない。ぼくは一人だ。

全てが白い闇に沈んでいく。

東京と病室。互いの岐路を目の前にして、二人は黙って見つめ合っていた。おそらく、頭の中では同じことを考えていたに違いない。

今まで一緒に過ごし、話したあらゆることを——。

「英《えい》。君に会うまで、ぼくは一生一人きりだと思っていた。でも、君はぼくのところにやってきた。ぼくを強いと言ってくれた。外の世界へ連れ出してくれた。君はぼくが外へ出るための架け橋だった。でもそれだけじゃない。君はぼくの夢でもあるんだよ。だから東京へ行け。早くプロになれ。そこでぼくを待っていろ。同じものを目指す限り、ぼく達はいつも一緒だ」

粋はそう言って微笑んだ。二人で喧嘩になることがあっても、英史はこの微笑みに勝てたことがない。

こうして、英史は将棋修業のために東京へ行き、粋は市民病院の一室に留《とど》まったのである。

今思えば、あえて東京受験をさせたのは、英史を独り立ちさせるためだったのではないか、とさえ思えてしまう。粋はどこまでも、考え深い少年だったのだから。


それから二年後、粋から英史に連絡があった。手紙のやり取りは続けていたけれど、それとは違う大きな相談事だった。

電話口で粋は言う。

「英、やっと準備が整ったよ。ぼくは、プロになる」

「奨励会を受けるんだね。同じ部屋で将棋が指せるんだ！」

東京で一人暮らしを続けていた英史は、思わずはしゃぎ声を上げてしまうが、粋は全く別のことを考えていた。

「奨励会は受けない。別の方法で認めさせる」

プロ棋士になるには、奨励会を経ないのであれば、特例での試験将棋に勝たなければならない。特例を得るためにはアマ将棋界で異例とも言えるほどの好成績をあげた上に、多くの棋士達の推薦を得なければならないと聞く。プロ棋士だって、何人も倒さなければいけないはずだ。

「公の場で、芥川名人を倒す！」

「粋、お前一体何を？」

粋はそう言い切った。彼が言う「準備が整った」というのは、芥川慶一郎を平手《ひらて》で討つ自信を得たということなのだ。

ハンデのない条件で名人を倒したとなれば、特例への道も近くなる。

粋ができるというならば、それは実現可能ということなのだろう。出会った日から、粋は英史の前で奇跡を見せ続けてくれたのだから。

病院を脱走したあの日を思い出しながら、二人で知恵を絞り合い、芥川を粋の目の前に引っ張り出す方法を考える。名人と一介のアマチュアに過ぎない粋が、公式の場で将棋を指す機会なんて普通に考えるとありえない。

でも、逆に考えれば、普通の方法でなければ実現可能ということだった。

その方法は、多くの人を欺き、騙《だま》すことになるのかもしれない。それでも、粋が名人をやっつける姿を見たいという誘惑には勝てなかった。

二人は、粋の体が生まれつき弱いという事実を利用して、テレビの感動系ドキュメンタリー番組を巻き込むことにしたのである。

英史は数多くある稽古《けいこ》先の旦那《だんな》がテレビ関係者だったことを思い出し、粋を紹介した。そして、粋の口の上手さと演技力で、事態はとんとん拍子に進んでいくことになる。巻き込んで申し訳ないようにも思ったが、一番効果を発揮したのは、粋の両親の後押しだった。


二ヶ月後、東京将棋会館、特別対局室。英史は粋の斜め後ろに正座して、戦況を見守っていた。記録係をする以外の用事でここに入ったことはなく、新鮮な光景だった。

粋の真正面に鎮座しているのは、時の名人・芥川慶一郎だ。一介のアマチュアに過ぎない粋と、将棋界の頂点に立つ男が平手で盤を挟み、向かい合っているのである。

室内はタイトル戦の最終局のような、緊張した空気に包まれている。ドキュメンタリー番組の撮影現場とは、とても思えない雰囲気だ。

『大病のため、命にかかわる手術を控えた少年と、憧《あこが》れの名人との心の交流』というのが番組作りの趣旨であったはずが、粋も名人も本気で盤面に向かい合ってしまっている。

粋は対局中であるにもかかわらず、赤いキャップ帽をかぶっていた。撮影の演出ということもあるが、度重なる治療で剃《そ》ってしまった頭を隠すためでもあった。別室には医師と看護師が待機している。

盤上の進行は、先手番《せんてばん》の粋が、芥川体系に載っている手をなぞっている段階だった。イヤホンを通じて、英史の耳に別室で映像を見ている解説者の声が聞こえてくる。

「いやぁ、白川くんはよく勉強していますよ。芥川先生の本の通りに指している。憧れているだけありますね。先生も感心されていると思いますよ」

英史はそれを聞いて思わず微笑んでしまった。

粋が芥川のファンでないことを知っているのは、この場で自分ぐらいであろう。粋はテレビ局に企画を通させるために、嘘を重ね続けていたのである。

——芥川名人と将棋が指せたら、手術を受ける勇気が出ると思うんです。

——小さい頃からずっとファンで、いつか芥川先生のような将棋が指せたらと思っています。

大嘘だった。粋は芥川を倒すべきライバルとしてしか見ていない。撮影の裏で英史と粋はよく目を合わせて、舌を出し合ったものである。普段の粋はニヒリストで、こんな殊勝なことは口が裂けても言わない。テレビ局が作り出す難病の子どもの感動ドラマなぞ、彼にとっては一番唾棄《だき》すべき物語であったはずなのだから。

粋が嘘を吐《つ》き、演技をしてまでこの企画を引き込んだのは、偏《ひとえ》に芥川慶一郎と本気の対局をするためだった。もちろん、この企画をステップとして、奨励会を経るのとは違ったプロ棋士への道を模索するという計画はある。それでも、芥川を地にひれ伏させることが、粋の一番の目的なのだ。

二十一手目、粋が盤上に手を伸ばす。

銀と銀が勢いよくぶつかる。粋から芥川への挑戦状だ。

「えっ、えー。これ、芥川本で筋が悪いとされている手ですよ！　白川くん、間違えてしまいましたねぇ。うん、いけません」

聞こえてくる解説を、英史は心の中で笑った。

——そうだよ、粋。芥川体系の外に出た上で、芥川を潰すんだろ？　大人達が作り上げた世界の向こう側に行くんだろ？　見せてくれよ。示してやれよ。粋の将棋を！

芥川が大きく咳《せ》き込む。盤上に違和感を覚えた時に出る名人の癖だった。粋は対局開始時と変わらず、小刻みに体を前後に揺らしていた。

粋の指した芥川体系への挑戦の一手に対し、芥川は深く考え込んでいる。彼の本の中では既に勝負が決してしまっているとされる局面だ。でも、粋はその先の先に繋がる細い小道を発見していた。それが、神様の抜け道の一つ。名人が飛び込めば即デッドエンドだ。

しかし、そこは芥川も天才である。アマの少年と舐《な》めたりせず、不用意に自分が書いた変化に飛び込もうとはしない。お茶に口をつけ、じっくりと見極めようとしているようだった。

小考後、芥川が指したのは、自らの不利を認め、作戦勝ちに見えた展開を全て放棄する一手だった。粋の小さな背中が震える。英史は知っていた。粋は怒ったり怯《おび》えたりしているのではなく、喜び感動しているのだ。

双方たった一手ずつの応酬である。その中に万の言葉が込められていた。芥川は自分が編み出した膨大な体系に穴があることを認めた。これまでの自分の考えに固執することなく、一介のアマチュア少年棋士の指摘を盤上で受け入れたのだ。

——英。ぼく達が目指した名人は、こんなにも凄《すご》い男なのだぞ！

粋が背中で語っているのが英史にもわかった。そして、力強く次の一手を着手する。

そんな中、英史のイヤホンに不穏な指示が入ってきた。

「名人に封じ手を書いて貰うから、鍵谷くんはタイミングを見計らって退席してね」

同時にふすまが開き、立会人の連盟会長・志名坂《しなさか》が入ってくる。志名坂は芥川の傍《そば》に寄り、耳元で何かを囁いた。途端、芥川の眉間《みけん》に皺《しわ》が寄る。

志名坂は、今度は粋のほうを向いて口を開いた。

「この局面で次の一手を名人に封じて貰います。名人が次の一手を書いた封じ手用紙は、私、連盟会長の志名坂が責任を持って預かりましょう。白川くんが病気を治し、プロになり、将来再び芥川名人と対局する時、これを開け、続きを指そう」

事前に聞かされていないシナリオだった。対局をここで中断し、遠い将来での再戦を誓い合うエピローグである。制作側がサプライズで用意したものだろう。確かに番組の落ちとしてはよい。でも、粋はこの対局に棋士への道を懸けているのだ。英史は俯《うつむ》いて唇を嚙む。

粋は上目遣いに芥川を睨《にら》み、絞り出すように言った。

「将来なんて、ない」

そして、泣き出しそうな表情で続ける。

「この一局はぼくの命だ。この一局が人生なんだ」

粋は手術をすれば、簡単によくなると英史に語っていた。必要以上に深刻にしているのは、制作側への受けを狙《ねら》った演出だとも。しかし、今の彼の言葉からは、死の匂いしかしない。

粋の話はそもそも最初からおかしかったのだ。プロ棋士になるために、こんな遠回りをする者はいない。英史はそのことに気付きながらも、どうしても粋の願いを叶えてやりたかった。どうにかして、最後まで指させてやることはできないか。唇から血を流しながら、必死に考える。

そんな中、芥川が立ち上がり、粋の傍《かたわ》らにしゃがみ込んで耳元で何か囁いた。直後、粋の怒り、憤り、焦りが一瞬にして引いていくのが、後ろから見ていてわかった。

その後、制作側の指示通りのシナリオで、滞りなく撮影は終了した。

「ごめんね。どうしても最期《さいご》に、名人に勝つところ、英に見せたかったんだ」

帰りの車中、粋は英史の東京行きを後押しした時と、同じ微笑みを浮かべて言った。

粋は制作側だけにではなく、英史にも嘘を吐いていたのだ。正確には粋ではなく、白川親子と言うべきだろうか。粋はもう手術など受けられる段階ではなく、この数ヶ月だけがまともに動き考えることのできる最期の時間であったらしい。腫瘍は既に手術では取り除けない場所に巣食っていたのだ。粋の両親がやけに協力的だったのは、息子の最期の願いに応えるためだったのだろう。

粋は正直にそのことを話し、英史に奨励会を休んで東京を離れ、自分の最期を看取《みと》って欲しいと頼んできた。

初めて二人が出会った病室で、ゆっくりと会話を交わしながら最期の日々を送る。

芥川は番組収録の三日後に、粋の病院までタクシーで乗り付け、中断された将棋の続きを指しに来た。耳打ちの内容はこのことであったらしい。英史は記録係をし、その対局の結末を見た唯一の目撃者となった。

英史は粋の傍らで、祈るように応援する。盤上の奇跡に息を呑み、粋の命の輝きに見惚れてしまう。水色のパジャマ、黄色い点滴、強い消毒液の匂い、白い天井、リノリウムの床、折り畳まれた車椅子、積み重ねられた将棋の本と粋の記した何冊ものノート。

この部屋の全てに、粋の二年間を感じた。一人きりの、この日のためだけの二年間だ。一体どれだけ濃密な二年を過ごせば、こんな将棋が指せると言うのか？

粋は序盤で作った優位を拡大し、名人相手にそれを保ち続けている。

英史は祈った。

——がんばれ、粋、がんばれ。僕のヒーロー、僕の夢。

しかし、その時は来る。終盤での、たった一手の緩みを名人は見逃さなかった。

粋はいつの間にか、細い綱から足を踏み外していた。攻守は逆転し、今度は粋が逃げる立場だ。運命に追いかけられるように、粋の玉《ぎょく》は逃げ、旅を続ける。夜の病室で駒音だけが響き続ける。名人の手が、かつてないほど震える。そして、粋の玉は盤面の中央、5五で果てた。都詰《みやこづ》めと呼ばれる形だった。

終局後、芥川は言う。

「君にあと五年の時間があれば……」

粋は黙って首を振る。盤上で語られた言葉以外のことは、ここでは無粋に思われたのだろう。芥川もそれ以上何も言わず、病室のドアの前で一礼するとそのまま帰っていった。

最期の日々、粋は彼が幻視した芥川体系の外側の世界のことを語ってくれた。それは完成されたものではなく、萌芽に過ぎず、理解し難いものも多かった。それは別世界への扉であり、神様の抜け道であり、英史はその前で佇《たたず》むしかない。

「君はぼくにないものを持っている。君が挫《くじ》けそうな時、ぼくはいつでも傍にいる。君を導き、君を助ける。薄膜一つ隔てた世界の向こう側で、君を待つ」

芥川との対局から三ヶ月後、粋の容体は急変し、この世界を離れていった。

十四歳だった。

2

鍵谷が少年時代を語り終えた頃、二人は幹線道路下の小さな公園に辿り着いていた。西の空は薄く色付き始め、公園の遊具の影が長く伸びて見える。

七海は、鍵谷がこんなにも詳しく、心の根源的な部分を語ってくれるとは思ってもいなかった。てっとり早く、サラとの出会いを話し出すとばかり思っていたのだ。

聞き終えてわかったことだが、白川粋という少年との出会いが鍵谷に与えている影響はあまりにも強い。それを抜きにして、鍵谷という人間を語ることはできなかったのだろう。

どこか遠い目をしている鍵谷をベンチに座らせ、七海は夕食を調達できる店を探しに出た。朝に東大を出てから、全く食事をとっていないことを思い出したのだ。携帯で地図を出し、百メートル先にコンビニを発見する。

おにぎりを七個、ごぼうサラダに焼きそばパン、からあげ五個入り、サンドイッチ二パック、チルドカップ珈琲《コーヒー》二つ……目についたものを次から次へと籠《かご》に入れていく。鍵谷の好物なんて、今まで想像しようとしたこともなかったのに、気にかかってしまう。今朝《けさ》の出来事から、少しずつ彼の印象が変わってきているのだ。

公園に戻り、二人ベンチに腰掛けて黙々と食べ続けた。買い過ぎたと思っていたが、案外適量であったらしい。食べ終わるまでに二人の前を通ったのは、灰色のみすぼらしい猫が一匹だけである。耳の裏を後ろ足で掻いて、あくびをしてから、のたのたと通り過ぎて行った。

食事が終わってからも、鍵谷は何も言わずぼんやりと宙を見つめ続けている。

「白川さんのこと、とても大切だったんですね」

思い切って声をかけると、鍵谷は我に返ったようになり、七海をキッと睨む。あれだけ饒舌《じょうぜつ》に語っておきながら、関係のない誰かから、月並みな感想を差し挟まれるのが嫌だったのだろう。誰にでも思い出の中に神聖な場所があって、鍵谷にとってはそれが白川粋なのだ。

完全に日が落ち、街灯が公園を照らし始めていた。誘蛾灯《ゆうがとう》から虫が弾《はじ》ける音が聞こえてくる。

鍵谷は下を向いたまま呟く。

「俺は約束を守れなかった」

粋亡き後、鍵谷は必死の努力の末、十七歳で四段になった。C級2組を二年で抜けた。期待の若手棋士と一瞬だけ目された。だが、結局はそこまでの棋士だった。どれだけ努力を重ねても絶対に辿り着けない領域があると、別格の天才棋士達との対局の中で、ゆっくりと長い時間をかけて思い知らされたのだ。

粋に夢を託されたのは確かだけれど、当の粋はもういない。薄膜一つ隔てた世界の向こう側で待っていると粋は言っていた。でも、どれだけ研究と実戦を重ねても粋を近くに感じられないのである。粋のような神懸かった才能は自分にはない。自分の夢は決して叶えられない偽りの夢だと気付いた時、鍵谷から情熱が消えていた。志は長い時間をかけてゆっくりと腐敗し、ある日突然それが失われていることに気付くものなのだろう。

七海は、粋を失った鍵谷に、消えたサラを追い続けてきた自分を重ねた。

鍵谷は顔を上げて言う。

「そんな時、あいつに出会った」

そして、夜の闇に何かを見るように、十年前のことを語り始めた。

3

初夏の昼下がり、鍵谷は鳩森神社の木陰に隠れていた。息を潜め、敵が来ていないかと、じっと辺りの様子を窺《うかが》っている。黒のスラックスに薄い青地のワイシャツを合わせているのに、革靴ではなく、不釣り合いなスニーカーを履いていた。全力疾走することを見越しての選択だった。

そうしていると、二人の若手プロが談笑しながら東京将棋会館に歩いていくのが見えた。おそらく、昼食のために外に出ていたのだろう。黒縁眼鏡《くろぶちめがね》と銀縁眼鏡のペアである。

黒縁の若手が、会館のほうを指差して呟く。

「あれ……」

指差した先には一人の少女の姿があった。

金髪碧眼《きんぱつへきがん》の少女。奇妙なのは胸の辺りに二寸盤を抱えていることだった。二寸盤というのは六センチ程の厚みを持った木製の将棋盤のことで、とても携帯用とは言い難い。重さも猫一匹分は優にあるだろう。彼女は辺りをきょろきょろと見回している。迷子というよりは、鬼ごっこの鬼役に当たった子どものようだ。

「護池サラですよね？」

「でも、何で二寸盤……。お前、ちょっと聞いてみろよ」

「いやですよ。あの子、話通じないですもん」

彼らは声を掛けるべきかどうか、難しい数学の問題でも解くかのように考えていたが、結局関わらないという結論を出したらしい。少女の横をそそくさとすり抜けていく。若手棋士が雑事に気を取られている時間などないのだ。

「4四歩の変化はどうなりました？」「関西で新手が出たらしいぞ。角換わり同型が復活するかもしれん」「早速、今から調べましょう」

二人は業界の中でも限られた人間にしか解読できない言語で話をしながら、会館の中に消えていく。たとえ世界の終わりが来ようとも、彼らは将棋の議論をして過ごし、そのままで幸せなのだろう。

辺りを見回していたサラは、迷うことを止《や》め、一直線に鍵谷のほうに向かって歩いてくる。完全に死角になっているはずなのだが、彼女は異常に勘が鋭いのだ。鍵谷は思わず唾を呑み込む。サラの耳がぴくりと動く。

「にいろく、ふ？」

目の前まで来ると、彼女は二寸盤を頭上に掲げてそう言った。

鍵谷はゆっくりとしゃがみ込み、地面に両手をついて腰だけを宙に浮かせた姿勢を取る。クラウチングスタートのポーズ。そして、準備していた通り、一目散に駆け出した。

何とか彼女を撒《ま》いて、千駄《せんだ》ヶ谷《や》の駅から電車に飛び乗り、座席に座り込んで一息吐く。優先席の老人が訝《いぶか》しげにこちらの様子を窺っていた。荒い呼吸はなかなか治まってくれない。

──なんでこうなった。なぜあいつは追いかけてくる？

竜王の石黒《いしぐろ》や、今売り出し中の新鋭、芥川ジュニアならわかる。将棋マスコミや見知らぬファンに追いまわされることもあるだろう。しかし、鍵谷は凡人。何の煌《きら》めきもないただの人。なのに、あいつは何なのだ？

彼女、護池サラとのファーストコンタクトは一ヶ月前に遡《さかのぼ》る。

公式戦で対局をしたのだ。サラは女流棋士タイトル保持者枠で、プロ棋士棋戦への参加権を得ていた。何でも女流名人位を絶対女王・萩原塔子から奪ったということらしい。十四歳の天才少女の男性棋戦デビューということで、一部から注目された対局だった。

天才、天才、天才、天才……。

腹立たしいまでに連呼されるこの言葉。メディア、広告、評論家が好んで使う大安売りの褒め言葉が、鍵谷には気に食わなかった。天才というのは類稀《たぐいまれ》であるからこそ、言われるものなのだ。鍵谷にとっての天才は一人しかいない。サラレベルで天才と言うのは、烏滸《おこ》がましい。

同じ十四歳の時の実力でも、女流タイトルを一期獲《と》ったぐらいで天才ぶられては困る。奨励会三段になるよりも難易度は低く、男女の垣根なく考えれば彼女の天賦《てんぷ》は一気に「中の下《げ》」レベルになるだろう。それほどまでに女流プロと男性プロの間には厳然たる差があるのだ。

対局にあたり、同門の先輩棋士からアドバイスがあった。

「護池サラとは殴り合うな。最新定跡で嵌《は》めるか、長期戦で搦《から》め捕れ。いくらお前がくすぶっているといっても、女に負けるわけにはいかんだろ？」

サラのお蔭《かげ》で、久し振りに鍵谷にもスポットライトが当たる対局だったのである。先輩は老婆心《ろうばしん》から言ったのだろう。確かに彼女の棋風《きふう》は、まともに攻め合い、型に嵌まればトップ棋士から金星を奪い得る類のものだ。一方でわかりやすい弱点もある。なるほど、確実な勝ちを狙うのが賢い。

しかし、鍵谷は自分の実力を侮辱されたように感じた。

――くそくらえ。女流ぐらい、真正面から堂々と攻め合って叩《たた》き潰すもんだろうが。俺にそれができないとでも思っているのか？

鍵谷は、憤り、暫くその先輩と口を利かなかった。トップレベルには至らずとも、自分にも並み以上の才能はあるというプライドだけは、かろうじて残っていたのである。

奨励会入会時から交流があった不良棋士の須田浩之《すだひろゆき》は、彼の実家の喫茶店で鍵谷の憤りを聞いてこう答えた。

「なるほどね。お前はやはり並みの棋士で終わる人間じゃない。芥川もそうだが、超一流は相手が最も力を出せる形に誘導して、その上で叩き潰すんだ。正々堂々と言えば聞こえはいいが、それはこの世界で一番残酷なことなのだよ」

芥川と聞いて顔をしかめる鍵谷に須田は、「でもお前がやる気出してくれて何か嬉しいよ」とだけ付け加える。完全なる買い被《かぶ》りだった。世の中には大穴馬券を喜んで買う物好きもいるのである。

「別にそんなんじゃねぇですよ」

鍵谷はカウンターで珈琲をすすりながら、不貞腐《ふてくさ》れるしかなかった。

「将棋なんて所詮《しょせん》、金儲《かねもう》けの道具ですから」

そんな風に嘯《うそぶ》いて。

対局当日――。

鍵谷はサラを、駒が飛び交う乱打戦に誘導した。「相掛《あいが》かり」という江戸の昔からある戦型である。サラの力が最も発揮できるオープニングの一つということになるだろう。

――泣かしてやる。跪《ひざまず》かせてやる。

そもそも鍵谷は女流棋士の存在を快く思っていない。奨励会員よりも弱いくせに対局で金をとるなんて正義にもとると考えているのだ。

以前、鍵谷が所属していた研究会に、売り出し中の若手女流棋士が参加したことがあった。鍵谷は彼女を大きなハンデ付きの将棋で滅多打ちにし、感想戦でも駄目出しを続けた。「その手はプロとして恥ずかしいでしょう」「そんな手でお金を貰っているんですか」「一日十時間勉強してから来てください」彼女は感想戦の最中に泣いて逃げ出し、二度と研究会に戻ってくることはなかった。

一方、目の前の少女はと言えば、鍵谷が厳しい手を指してもどこか飄々《ひょうひょう》としている。時折寝言みたいに奇妙な言葉を呟いて、まるで目の前に誰もいないかのように振る舞っていた。

サラが初めて鍵谷の顔を見たのは、五十九手目のことである。開始から五時間、「一手やるから好きに攻めてこいよ。全部受け止めて、カウンターで殺す」そういう類の鍵谷の決め手が指された直後だった。

今まで盤上や空中や天井を見ていた彼女の青い目が、鍵谷のほうにぼうっと向き、目が合った。彼女の目には不思議な力があるようで、鍵谷は視線を逸《そ》らすことができなかった。数秒だったのか、数分だったのかはわからない。二人は盤を挟んで見つめ合った。サラと萩原塔子の女流名人戦でも見られた現象である。彼女は「人」を見ていた。

将棋は七十九手で鍵谷の勝ちに終わる。完勝譜と言っていい。一手違いというのは形だけで将棋の内容としては「器が違う」のである。泣かすとまではいかないが、高く伸びてしまった天狗《てんぐ》の鼻を折るには充分だろう。差がわからないのであれば鈍感なだけだ。

　感想戦は鍵谷の独壇場で、一手一手駄目出しをし、いかに早い段階から彼女の側に勝ちがなかったかを指摘していく。名人に香車《きようしや》を引いて勝った、かの髭《ひげ》の九段なら、「あんたの敗因は初手《しよて》だよ」とでも凄みを利かせたのかもしれない。感想戦は、どうやってもこいつには勝てない、と相手に思わせる格付けの場でもあるのだ。

　彼女は黙ったまま、鍵谷の顔を見ていた。何か不思議なものを観察するように首を動かし、様々な角度から見つめてくる。泣き出す気配は全くない。

「気持ちわりぃな。聞いてんのか？」

　叱りつけても小首を傾げるだけである。同世代の子ども達とは常識が異なっている、という噂《うわさ》は本当のようだ。鍵谷はそれ以上何も言わず、観戦記者の質問に答えてから席を立った。いや、立ち上がろうとした。

が――、転ぶ。ゴッと音がし、顔から畳に突っ込むという見事な転倒である。

　いくら鍵谷が運動音痴とは言え、何もないところで転んだりはしない。誰かが足首を摑《つか》んで引っ張ったのだ。見ると少女の細い右腕が鍵谷の足元に伸びている。睨み付けても摑んだ手を離そうとはしない。

「お、お前……」

　よろめきながら立ち上がる鍵谷に、サラは中指を一本立てて見せてきた。今頃になって、将棋と感想戦でボロボロにされた恨みを晴らそうとしたのか。

――舐めやがって。

真意を問い詰めようと迫る鍵谷に、サラは奇妙な言葉を発した。

「にいろく、ふ?」

鍵谷は彼女の言葉をすぐに理解することができなかった。わからない問題を当てられた小学生のようなどこか頼りない発声で、頭の中で「2六歩」と変換されるまでに数秒かかってしまったのだ。将棋の初手によく指される手の一つである。

もしかして、彼女の中指立ては「ぶっ殺す」という意味ではなく、「もう一局将棋を指しましょう」という意味ではなかろうか。人差し指と間違えているのだ。

叱りつける前にもう一度、彼女が常人とは異なるという噂を思い出して踏みとどまる。

――将棋以外のことは何一つ満足にできない。言葉が口をついて出たかと思えば、彼女独自の造語の羅列で、他者と会話が通じない。気まぐれに対局室で不思議な踊りを踊りだす。ちょっと不気味な子ども。

鍵谷は彼女を一瞥《いちべつ》すると、まだ足首を摑んでいる彼女の手を蹴《け》り払い、逃げるようにして対局室を出た。まともに相手にすべき人間ではないと判断したのだ。

ただ、彼女は去りゆく鍵谷の背をじっと見ていたという。

彼女が二寸盤を抱えて、鍵谷の後を追いかけまわすようになったのは、次の日からだった。

将棋会館、定食屋、雀荘《ジャンそう》、居酒屋――。サラは一度鍵谷を見つけると、「にいろく、ふ？」と言いながら、どこまでも執拗に追いかけてくる。会館のトイレにまで付いてくるのだから、筋金入りであった。将棋会館には仕事で顔を出さなければならないことが多く、彼女を避けることはできない。

――金にならない将棋なんて、金輪際してやるものか。

志を失い、将棋の勉強に距離を置き始めていた鍵谷にとって、真っ直《す》ぐに向かってくる彼女は非常に面倒臭い存在だった。

自宅まで押しかけられると本格的に厄介なので、いつも必死に撒いて帰っていた。会館から出る時が一番危険で、鍵谷がスパイのような行動をしていたのにはそういう理由があったのである。

「にいろく、ふ？」

座席に深く腰掛けていた鍵谷に、よくよく聞き覚えのある声が浴びせられる。

千駄ヶ谷から電車に乗ることで撒いたと思ったのが甘かった。

顔を上げると、目の前に二寸盤を抱えた金髪の少女が立っていた。盤を抱えたまま鍵谷に追いつき、同じ電車に飛び乗ったということなのだろう。自分の足の恐るべき遅さを呪《のろ》う。

彼女は鍵谷の向かいに座ると、膝の上に盤を載せ、そこにポケットポーチから取り出した駒を並べ始めた。今、ここで指すつもりなのだ。

「待て待て、少しだけ相手をしてやる。いいな？」

鍵谷は咄嗟《とっさ》に閃《ひらめ》いた妙案を口にする。昔話の「三枚のお札《ふだ》」からヒントを得たものだ。

彼女が盤上に並べた将棋の初期配置を崩し、詰将棋を配置していく。十七手詰で昔専門誌に掲載されていたものだ。いくら強いプロでも五分の足止めにはなるだろう。

「いいか？　これを解くんだ。解くまで動くんじゃないぞ。絶対だぞ」

問題に夢中になっている隙《すき》に電車を乗り換え、彼女を置いてけぼりにする算段なのだ。

車内アナウンスが秋葉原《あきはばら》への到着を告げる。鍵谷はサラの視線を掻い潜るようにゆっくりと立ち上がりドアに向かう。幸いなことに彼女は盤面に夢中だった。忍び足でホームに降りると、特有の発車メロディが流れる。「ドアが閉まります。ご注意ください」

走り過ぎる電車に背を向け大きく息を吐き、自販機で珈琲を買って、ベンチに腰を下ろす。

「悪く思うな。俺にもいろいろあるんだ」

鍵谷は独りごちて過去を思う。

十七歳でプロになった鍵谷には志と約束があった。将棋界の頂点を獲る。粋の代わりに芥川慶一郎を倒してやる。プロならば誰もが抱く無邪気な夢だった。

鍵谷はデビュー三年、二十歳の時のトーナメント棋戦で、初めて芥川と盤を挟んで相対した。粋の志を継ぎ、一泡吹かせるつもりだった。

しかし、見たのは悪夢だった。目の前の中年は鬼のような強さで、鍵谷を粉砕してしまったのである。結果よりもきつかったのは、中盤の底で鍵谷が悪手《あくしゅ》を指した時、芥川が実につまらなそうな顔をして睨んできたことだった。

「俺を楽しませろよ」

彼の目がそう言っているように思われ、鍵谷は芥川に人間的な底知れぬ恐怖を覚えたのである。壊れた玩具《おもちゃ》を見るような目。向こう側の世界から見つめる目に魅入られた。

――粋は十四歳で、こんな化け物と互角に渡り合ったのか……。

鍵谷は粋から「君はぼくにはない才能を持っている」と言われ続けてきた。自分でも、粋以外になら圧倒的な才能差を示して勝つことができると信じていた。それは思い違いだった。

芥川との対局は一つのきっかけに過ぎなかったのだろう。芥川だけではなく、彼と同世代の強力な芥川四天王《してんのう》には歯が立たなかったし、ポスト芥川の石黒にも散々な目に遭わされた。そして、若手世代では、父の後を追いプロになった芥川ジュニアに悠々と追い越されていった。

鍵谷の志はゆっくりと朽ちていった。志や夢というものは、一気に折れるのではなく、時間をかけて失われていくものなのだ。

――粋がいなくなった時に、俺の夢は終わっていたんだ。

粋という天才の将棋に触れ、彼が名人への道を進んでいくのを傍らで見守るのが、本当の夢だったのだから。

鍵谷は、格上だと思う棋士には簡単に負け、格下と考える相手には舐めきった将棋で徹底的に潰す――そんな最低な態度をとる棋士になっていた。そして、自分が格下だと考えていた相手にすら負けるようになっていく。人は成長するのだから当然のことだった。

そしてこの一年、鍵谷は人生の隘路《あいろ》に入りつつあった。俺が将棋で格下に負けるのは、努力していないからだ。そうした転倒した理屈で、将棋の研究を断ち始めていたのである。プロを辞めないのは、今時、年間二、三十日の労働でこれだけ稼げる業界は他にない、という最低な理由だった。

珈琲を飲み終わり、空を見上げると入道雲。初夏の香り。蟬《せみ》の声は聞こえないが、どこからか将棋の駒音が響いてくる。昔懐かしい、夏の風物詩。

——駒音？

隣を見て思わずのけぞる。

護池サラがベンチの上に二寸盤を置き、崩れてしまった詰将棋を再配置しているのだ。

言うことを聞かずに、一緒に付いて降りてきてしまったということなのだろう。

「解けって言ったよな。解くまで動くなって。お前、約束破る人間なのか？」

通じているのかはわからないまま責め詰《なじ》る。「俺は将棋が弱い奴と、約束を破る奴が大嫌いなんだ」と。

彼女は鍵谷の説教などものともせず、盤上の駒を動かしていく。広い初手をクリア、五手目の罠《わな》をクリア、中合《ちゅうあ》いの選択をクリア、そして華麗なる収束へ——。正しい手順を踏んで、玉は見事に息絶えている。

「……正解」

問題を出してからものの数分のことである。彼女は一言の弁明もすることなく、盤上で「将棋が弱いわけでもないし、約束を破ったわけでもない」ということを証明したのだ。表情を変えない彼女が、心なしか胸を張っているように見えてくる。

とは言え、簡単に人を信じる鍵谷ではない。——もしかすると彼女は過去に、この詰将棋を解いたことがあるのかもしれない。一度でも公表されたことのある問題は駄目だ。

盤上の十七手詰を崩すと、今度は密《ひそ》かに作っていた三十一手詰を並べる。鍵谷以外の目に触れたことがない問題だ。芸術的観点から見ると「下《げ》の下《げ》」の作品だが、難易度は高い。

「解けるまで動くなよ。いいな」

言葉と問題と彼女を残して、ホームから降り、改札を抜ける。

鍵谷は復活した歩行者天国を、真っ直ぐに歩いていく。走るのは苦手だが、歩くのは好きだった。将棋の問題を考えながら都会の迷宮《ダンジョン》を彷徨うのは、東京に来た時からの趣味と言っていい。繰り返すビル群は、何度も形を変えて現れる将棋の手筋に似ていた。相似形のフラクタル。一人きりのＲＰＧ。通行人は駒であり、鍵谷少年はコンピュータゲームをするかのように将棋の世界に浸ったものだ。

歩行者天国を抜ける頃、何やら後ろのほうが騒がしいことに気付く。

「なんであの子、将棋盤なんか持って走ってるの？」

「コスプレ？」「いや、本物の外国人だよぉ」

まさか――と、振り向く。

呼び込みのメイドの群れが「なにあれ」「かわいい」と口遊《くちずさ》んでいる。アイドルファンの行列に誰かが突っ込み、ぶつかられたリュックの男が眼鏡をくいっと直し、憮然《ぶぜん》としている。ツアーの中国人観光客が何かよく聞き取れない言葉で叫び、唾を吐く。

護池サラが一直線に走ってきているのだ。

しかし、鍵谷まで十数メートルというところで転び、駒がアスファルトの上に弾け飛ぶ。みるみるうちに彼女の膝頭が赤く滲《にじ》んでいくが、それでも構わず駒を拾おうと屈《かが》みこむ。通行人達も何かに必死な少女に関心を持ったのか、次々と屈みこみ、地に散乱した駒を拾っていく。

傷だらけの少女は、よろよろと鍵谷の前まで進み、道路のど真ん中に将棋盤を下ろした。あっという間に彼女と鍵谷を囲む人だかりができる。「大道将棋か」「かわいい！」「いいぞ、嬢ちゃん」「ジャパニィーズ、チェスッ！」逃げ出すことは最早《もはや》困難だ。

彼女は膝の傷をものともせず、アスファルトの上に正座し、難解な詰将棋を即興曲でも奏でるかのように並べていく。小気味よい乾いた駒音が響いた。

六手目まで正解。しかし、七手目から鍵谷の作意とずれ始める。玉を大海に逃す、心理的にはあり得ない順である。間違っていたとしても、黙って見守るしかない。彼女は黙々と駒を動かし、玉を彼方へと追い詰めていく。

すぐに途切れるはずの王手は、際限なく続き、もう一つ別の世界を生み出していく。彼女が一手進めるたびに、鍵谷も脳内でその世界を吟味していた。群衆の中で、二人だけ別の時間軸で生きているような感覚。

鍵谷に視《み》えていなかった道が、綱渡りのように繋がっていく。

三十七手目、玉は大海の果てで飛車角の網に捕まり死んでいた。

「別解か……」

鍵谷が作った問題には欠陥があり、正解が二通りあったのだ。彼女は最終手だけは駒音を立てずそっと置き、鍵谷を見上げた。

サラは鍵谷が心理的に考えようとしなかった手順を選択した。善悪はともかく、彼女の示した世界のほうが、鍵谷が見出《みいだ》した複雑難解な世界よりも平易で美しい。おそらく彼女は、鍵谷が意図した解答を読み切れてはいないだろう。

――同じ局面を見ながら、全く違う世界を視る者。粋や芥川と同じように、あちら側の世界からこの世界を視る者。

鍵谷は彼女の青い瞳《ひとみ》から目を離すことができない。この前の対局の時は弱かったくせに、何を今さら才能の片鱗《へんりん》を見せつけようとしているのだ?

彼女は呆然と立っている鍵谷に向かい、中指を立てる。

「この子、挑発してるぞ」「おう、坊主。受けたれや」「クレイジー、チェスガールッ!」

彼女にとっては「一局指しましょう」という意味なのだが、観衆はそう受け取っていないらしい。鍵谷は覚悟を決めて、アスファルトの上に腰を下ろす。

彼女を受け入れたわけでも、将棋を教えてやるわけでもない。ただ測ってみたい、比べてみたい。子どもが自分の自慢の玩具を比べっこし合うのと同じ、原始的な競争感情だ。

青年と少女がぶち抜きの歩行者天国のど真ん中で、盤を挟んで正座で向かい合う。

「おいあんた。秒を読んでくれませんか」

鍵谷は近くにいた英国メイド風の女に言う。

「秒？」

「一手指すたびに、三十秒数えてくれればいい」

一呼吸置き、「いち、にぃ、さん……」と女が数え出す。

正式な秒読みとは異なるが、機能すればそれでよい。

一手三十秒の短期決戦だ。

サラも了解したのだろう。何も言わず、踊るように初手を指す。鍵谷もノータイムでそれに応える。メイドは混乱しながらも「いっ」「いち、にぃ」「いち」と繰り返している。

昼間から酔っぱらった中年が、人だかりから赤ら顔を出し、「嬢ちゃん、居玉《いざよく》で棒銀なんて素人やなぁ。玉囲わな勝てへんで」などとぼやく。

――にわかは黙ってろ。意味があるんだよ。

相掛かり、そして先手番サラの棒銀。先日の対局と先後を入れ替えての同じ形となった。つまり、前の対局で勝った側をサラが持っていることになる。

――考えやがったな。

どう応じても先手が勝つと、口酸っぱく感想戦で解説してやったのだ。しかし、姑息《こそく》とも言える。相手の考えた手をそのまま使って得しようなど、志が低過ぎる。

当然、手を変えてやるだけだ。三十二手目が分岐点である。三十一手目に4五銀と動かした時、彼女は未知の局面と出会うのだ。

「にじゅういち、にじゅうに……」メイドが懸命に読み上げを続けている。

サラはこの対局で初めて二十秒以上考えていた。

そして、時間ぎりぎりに銀を摑み……。

打ち付けるその直前に観衆の一人が叫ぶ。

「あっ、護池サラっ」

その声に連鎖反応するかのように、情報が繋がっていく。

「誰だよ？」「天才将棋少女って前にテレビで」「知ってる、知ってる」「撮影？　カメラどこ？」「って前の男誰だよ？」「彼氏？」「いや、将棋する人じゃない？」「棋士の鍵谷英史だよ」「何で知ってるの。オタク？」「オタクじゃねーしっ」

鍵谷は我に返る。非常にまずい事態だった。連盟のプロ棋士が、許可も得ずに道路を占拠して縁台将棋をしていいわけがない。悔しいことに彼女は、世間の認知度が高いようだった。遠くから「こらっ、何をやってる」といった声が聞こえてくる。

警察官のおでましだ。

鍵谷はサラの手を握り、立ち上がらせると、急いで彼女のポケットポーチに駒を詰め、盤を拾い上げて脇に挟む。彼女の耳元で「逃げるぞ」と囁き、観衆に向かって「ありがとうございました！」と叫ぶと、上野方面に向かって走り出した。

「逃げたぞ」「追え、追え」などと囃《はや》す声が聞こえてくる。頭の中が真っ白になる。

走る、走る、走る。

途中からはサラのほうが足の遅い鍵谷の手を引く形になった。人混みを掻き分け、路地に入り込み、土地勘がなくなり、この世界のどこにいるかわからなくなっても走り続けた。

途中、膝からの出血がひどくなってきたので、コンビニで消毒薬と絆創膏《ばんそうこう》を買い、彼女の膝頭を手当てする。彼女は何を考えているのか手当ての間、両手を挙げ、万歳のポーズをとったまま目を瞑《つむ》っていた。

「三十一手目の局面、銀を摑んでどこに指そうとしていた？」

ずっと気になっていたことを聞く。サラは大きく口を開いた。

「ごう、ごう」

盤面の中央、「5五」のことだろう。初対局で鍵谷が指したのは、一マス違う「4五」であった。鍵谷には見えない手。強い、弱いではなく好みからして読まない手だった。将棋には善悪ではなく、好き嫌いで手を選ぶべき局面があり、その嗜好《しこう》を棋風と呼ぶ。彼女は初対局のあの局面で、自分ならこう指した！　と主張しているのだ。

「神様の抜け道――か」

鍵谷はその一手に天才・白川粋の影を見た。

――ぼくには時間がない。だが、この手は世界の向こう側に通じる道に繋がっているんだ。ぼくはその先で君を待っている。

粋は同じ局面を見ながら、いつも鍵谷が発想できないような手を教えてくれた。向こう側の世界への抜け道――。サラに言われて初めて、この局面で粋なら5五銀を指すのではないか、と気付かされたのだった。

「続き……指すか？」

鍵谷は俯いたまま彼女の膝頭に向かって言う。一ヶ月もの間、邪険にし続けた手前、真正面から目を見て言うことのできない言葉だ。将棋なんていつでも辞めてやる！　と豪語していたことなどすっかり忘れてしまっている。今はただ、５五銀のその先が見たい――という好奇心だけに支配されていた。

彼女は何も答えない。黙って鍵谷の手を握り、再び歩き始める。彼女は彼女でひどく気まぐれなのだ。彼女が指したい時、指したい場所でのみ、人の迷惑も顧みず将棋を指そうとせがむ。厄介な盤上の猫。鍵谷はムッとするが、改めて彼女と手を繋いでいることを意識してしまい、頭が上手く回らない。二十三にもなるのに、女慣れしていないのだ。

結局、二人で手を繋ぎ、黙ったまま都会の迷宮を歩き続けることになる。まるで勝負に相応《ふさわ》しい舞台でも探しているかのように何時間も、何時間も。

気付けば、ビルの海が薄く赤く色付き始めている。

幹線道路下の小さな公園の前で、彼女は急に立ち止まり、強く握っていた手を緩めた。

「ここで指すのか？」

問うと、彼女は突然鍵谷の胸に倒れ込んできた。

細い髪、柔らかな頬、折れてしまいそうな骨ばった体軀《からだ》。こんな体のどこに、二寸盤を持って秋葉原を駆け抜けるような体力が秘められていたのか。鍵谷は胸が苦しくなり、姿焼きにされた穴熊玉《あなぐまぎょく》のように動けなくなる。

思い違いは一瞬で終わった。

胸元から規則正しい息遣いが聞こえ始めたのだ。彼女は眠りに落ちただけ。

「子どもかよ」

後先考えずに全力で走り、歩き、考える。そして電池が切れた玩具のように、急に力尽きて眠る。鍵谷には彼女が周囲の言うような「無感情な将棋ｂｏｔ」とは思えなくなり始めていた。

声を掛けても、頰を突《つつ》いてみても彼女は起きてはくれない。途方に暮れた鍵谷だったが、首に掛けられていたポーチの中に住所が書かれたメモを発見する。ここからそう遠くはない。

寝息を立てている彼女を背中に負《お》ぶう。

タクシーを呼ぶなんてことは一秒も考えなかった。

「5五銀。……粋と同じ世界を視る者、か」

鍵谷は輪郭をはっきりさせ始めた月に向かって呟くと、力強く夜道を歩き始めた。

その一時間後、鍵谷はマンション五階のリビングで、今日初めて会った女とテーブルを挟んでいた。薄いブラウンの肌をした、色気ある三十女。どこか儚《はかな》げなところのあるサラとは正反対の、実存的な女である。

——瀬尾マリア。

サラの母親だった。苗字《みようじ》が異なるのは、マリアが結婚したのが、サラが女流プロになった後だったので、一種の芸名のような形でサラが「護池」を名乗り続けているからだと言う。本来はサラも「瀬尾サラ」であるらしい。

サラをマンションまで送って行った鍵谷は、マリアに出迎えられ、何度も断ったものの半ば無理矢理に部屋まで上げられてしまったのだ。サラはと言えば、隣の寝室で眠り続けている。鍵谷は出されたお茶を正座ですすりながら、何やら居心地の悪さを感じていた。

「ずいぶんと、片付いているんですね」

辺りを見回すが、社交辞令的な感想しか出てこない。大味なイメージのある目の前の女性の部屋にしては、掃除・整理が行き届いているように思われたのだ。飾り物の類が一切なく、悪く言えば殺風景ということになるのだろう。

マリアはそれには答えず、テーブルに両肘をついて、まじまじと鍵谷を見つめてきた。値踏みされているようでいい気持ちはせず、目を逸らす。

「サラが誰かに懐くのって、珍しいのよ。今まであの子が懐いたのは……」

マリアは指折りしながら言う。

「パパでしょ。瀬尾でしょ。それから——萩原塔子か……。片方の手だけで足りちゃう」

恨めしげに何度も指折りを繰り返す。そのリストの中には、どうやら母親の自分は含まれていないらしい。

鍵谷は「はぁ、そうですか」と気のない相槌《あいづち》をうつ。彼女のコップからはうっすらとアルコールの匂いが漂ってきていた。どうやら、一人酒の相手をさせるために、無理を言って鍵谷を部屋に上げたようだ。

マリアは、カタログでも読み上げるかのように、自分の人生を語り続ける。

彼女は、ブラジルで父親のわからない、肌の色も目の色も違う不吉な娘・サラを産んだ。サラは他の子ども達と同じような発達をすることなく、マリアに懐いてくれなかった。サラが懐いたのは祖父の正剛《せいごう》だけで、その正剛は幼いサラを連れて南米を放浪する旅に出てしまった。マリアは父にも、サラにも見捨てられた思いをした。

「寂しい女――」

マリアはそう呟くと、キッチンからグラスとブランデーを持ってくる。鍵谷が「いや、ちょっと」と固辞すると、残念そうに首を傾げるのだった。

正剛の死後、サラを連れて日本に渡ってからも、彼女の孤独は続いた。介護士から水商売に仕事を変えた後も、寂しさはやまない。結局マリアは、在日ブラジル人のシングルマザーでしかないのだ。それに、サラは何を話しかけても、曖昧な返事しかくれず、愛情をかける甲斐《かい》のない娘であった。

彼女達の人生を変えたのは、瀬尾健司という元奨励会員との出会いだったという。瀬尾はサラに将棋を教え、才能を開花させ、女流棋士にまで仕立ててしまったのだ。

「マイ・フェア・レディよね。知ってる?」

鍵谷は黙って首を振った。

「人生で一つだけ運がよかったことがあるのなら、瀬尾と出会ったことね。サラはみんなに認められるようになった。住む場所だって団地からマンションに変わった。瀬尾は優しい。うん、優しいことは優しいのよ……」

でも――とマリアは言う。

「本当は誰も私のことを気にしてないんだ。瀬尾と出会ったことで、初めて自分の人生が始まったと思った。でも、違う。私は私の人生を生きてはいない。これっぽっちも、全然まったく。あの子は自分だけの世界に閉じこもっているし、瀬尾が結婚してくれたのはあの子がいたから。あの人はあの子しか見ていない。鍵谷さんにはわかる？　娘が将棋界のスターになっていくのを、素直に喜べない気持ち」

「僕の想像力の範囲外です」

マリアは手酌で飲み続けている。悪酔いした女ほど、この世で厄介な者はいない。娘の活躍を妬んでしまう母親の気持ち――。盤上という理想化された架空の世界で戦う鍵谷に、女の実人生の生々しさは想像もつかないものだった。

「別に将棋の天才少女になんかなって欲しくなかった。有名にならなくていい。お金なんて稼がなくていい。ただ、私を『ママ』って呼んで、微笑んでくれたらそれでよかったのよ。普通の子どもみたいにね」

女の人生の毒気に当てられて、鍵谷はうんざりせざるを得ない。

羅列された女の人生のカタログは一見波瀾万丈《はらんばんじょう》だが、その時々の欲望や感情で生きているようにしか思えず、薄っぺらに感じられるのだ。

「鍵谷さんなら、あの子の感情の扉を開けることができるかもしれない。これからも、サラと仲良くしてくれる？」

マリアはそう言って立ち上がると、鍵谷の隣に体を寄せて座り、腿《もも》の上に手を置いた。

鍵谷は、咄嗟に強く払いのける。

「あなたには関係がない」

反動でマリアは後ろに倒れた。

「関係がない……。やっぱり、私は誰とも関係ないんだ……」

床に這《は》いつくばったまま、マリアは泣き始める。

酒を飲んでいるわけでもないのに、最低に気分が悪くなってしまう。きっと彼女は、他人の無償の善意を信じることができない生き方を、長くしてきたのだ。

やがてマリアは床にうつ伏せになったまま、イビキをかき始めた。

鍵谷はテーブルの上のコップやグラスを台所の流しに片付け、玄関に向かう。

寝室の扉が僅かに開かれ、サラが覗いているのが見えた。いたたまれなくなったが、鍵谷に何ができるというわけでもない。

ふと、中指を立てるジェスチャーをすると、彼女も同じように返してきた。それだけで充分だった。

4

喫茶店のカウンター席に腰掛けて、鍵谷は置いてある新聞全紙を舐めるように読み通していく。

店に入ったのが朝の十時だから、かれこれ二時間はそうしていた。

護池サラと秋葉原の歩行者天国で将棋をしてから、既に一ヶ月が過ぎている。あれから彼女とは一度も顔を合わせていない。

「鍵谷はほんと、将棋以外のことは駄目だよなぁ」

カウンターの中から、エプロン姿の須田浩之が呆《あき》れたようにぼやく。

須田はこの喫茶店「キング&クイーン」のマスターなのだ。三十四歳、プロ棋士になって六年、段位は五段——と大きく昇段はしていない。トッププロや昇り竜の如《ごと》き若手プロとは違って、鍵谷と同様に月に対局が二局あれば多いほうだった。とりわけ研究熱心でもなく、イベントに引っ張りだこという人気棋士でもない。実家の喫茶店を経営するぐらい、彼にとってはお手の物であり、どちらかと言えば将棋のほうが副業と言えるのかもしれない。

「お前は護池サラの中に、あの白川粋の将棋を見たのだろう？　捕まえておかなきゃ駄

歳の年齢差があるものの、奨励会入会年次は同じだったのである。

「須田さん、あなたうるさいです。C級2組を抜け出してから言ってください」
鍵谷が遠慮なくへらず口を叩けるのは、十数年来の付き合いがあるからだった。十一
目じゃないか」

一年前、粋との約束を果たすことを諦めてしまった時、鍵谷が向かったのは須田のところだった。須田は励ますでも、慰めてくれるわけでもなく、ただ珈琲を淹《い》れてくれた。

「俺に遊びを教えてくださいっ」
そんな須田に、鍵谷は初めて頭を下げたのだった。
鍵谷は幼い頃から将棋一筋で来ており、将棋以外の遊びを知らない。白川粋の死後、他の奨励会員が眠り、遊び、笑っている数時間、数分も惜しんで将棋に打ち込んできた。それが今では、将棋なんてサボって遊んで暮らしてやれ、という人生の方向転換を目論《もくろ》んでいたのである。

晩学の須田は将棋で大成しなかったものの、遊びの経験値だけは溜めている男だ。十代の頃、グレて施設に入れられていたところ、今の師匠に出会い、改心した――という嘘のような本当の逸話も持っている。
「遊びを、舐めたら駄目だよ」

須田は将棋の対局時には見せない、鋭い眼光を発する。

「麻雀・競馬・競輪・パチスロの四教科のうち一教科選択必修といこうか」

須田はまず「飲む打つ買う」の「打つ」から教授を始める。将棋も昭和半ばまでは、賭博《とばく》として機能していた時代があった。勝負師としてギャンブルを嗜《たしな》む棋士は少なくない。

鍵谷が選択したのは麻雀だった。将棋と同じボードゲームであるし、鍵谷の読みや勝負勘が通用しそうに思えた。須田に手取り足取りルールを教わり、研究書を買い込んで読み耽《ふけ》る。打牌練習、発声練習、流れを引き寄せる訓練——できる限りの全てをやった。

結果どうなったか？

将棋界の一部の人達に衝撃が走ったのである。

「鍵谷が麻雀を覚えた」「しかも弱いらしい」「盤上の借りは卓上で返す！」

鍵谷と麻雀をするために、朝から行列ができた。

連日、一癖も二癖もある猛者《もさ》達がやってきては、初心者の鍵谷を卓上で叩きのめしていく。将棋ではあんなに軟弱な手を指すあの先生が、麻雀ではこんなにも輝きを放つのか。圧倒の牌効率。仕掛けの超スピード、深い読みによる鉄壁の守備。熟練の犠打に、他家《ターチャ》操縦。勝てる気がまるでしない。

やめようとすると、

「レートを上げましょう」「次は勝てますよ」「鍵谷センセイは筋がいい」

などと口八丁手八丁で丸め込んでくる。

一ヶ月が過ぎて改めて計算してみると、二百万負けていた。

「須田さん……。遊びというのは、こんなに辛《つら》く厳しいものなんですか？」

鍵谷は腹の奥から絞り出すように「やめたいです」と言う。金の問題ではなく、負け続けたことが精神的にこたえていた。

須田は黙って頷くと、今度は「飲む、買う」の指導へと切り替えていった。

即ち、キャバクラ道である。

しかし、女と酒は鍵谷にとってギャンブルよりも鬼門だった。

まず、すぐにわかったことは、体質的にアルコールを受け付けないということである。グラスに半分の酎《ちゅう》ハイを飲んだだけで、顔が赤くなり、一時間後にはトイレで吐いていた。

女はこれまた駄目だった。水商売系の女を見ると悪寒《おかん》がする。自らを偽る女の存在を許せないのだ。トークを楽しむのではなく、論破をしに行き、海千の女どもに感情的に反撃されて泣きを見た。

「須田さん……。遊びというのはこんなにも耐え難いものなんですか？」

キャバクラは鍵谷にとって、精神的拷問《ごうもん》の場でしかなかった。

それ以降も須田から様々な「道」を教えて貰ったのだが、鍵谷は今一つ「筋」が悪いらしい。

結局、将棋の研究をしない日は、一日中喫茶店で珈琲をすすりながら新聞を読み続けるという、定年後の会社人間のような奇妙な生き物にならざるを得ないのだった。


突然表から、鳥達が喚《わめ》き、一斉に羽ばたく音が聞こえてきた。見ると、猫が数匹、猛スピードで店の外を駆け抜けていく。電柱に繋がれた犬が、低く唸《うな》り声をあげていた。こころなしか、地響きのような音まで聞こえてくるような気がした。

「来たんですか？」

読んでいた新聞を閉じて、鍵谷が聞く。

「ああ、『L《エル》』だな」

須田がコップを拭《ふ》く手を止めて断言した。

次の瞬間、勢いよく扉が開かれる。

「須田くん！　研究をしましょう！　楽しい、楽しい、研究会ですっ」

その人物の声に店中のグラスが共振する。

身長百八十センチ、体重百二十キロの巨軀《きょく》の老人が、のしのしとカウンターまで進んでくる。

一見して異様。鍵谷はカウンター席で背を丸め、小さくなった。

「師匠。帰っていらしたのですか」

須田が頭を下げる。

目の前の巨漢は須田の師匠であり、小学生の時に、鍵谷が薫陶《くんとう》を受けた男だった。力武薫《かおる》、六十四歳、将棋棋士九段。最高峰のA級順位戦で三十五年間戦い続けており、百年に一度とまでは言わないが、十年に一度程度には天才であろう。

通称「L」――。

これは陰で二人が呼んでいるあだ名で、将棋界で広く言われているわけではない。理由としては、本人が数学者のエルデシュを尊敬しているから、何もかもが大きくてLARGE《ラージ》だから、などが挙げられるが、やはり語感によるところが大きい。巨漢で少し禿《は》げかかった爺《じい》さんなのだが、どこか可愛らしい面があり、エルという女の子のようなあだ名が似合ってしまうのだ。

「北海道の三村《みむら》さんのところにいたんですがね、とうとう追い出されてしまいました」

Lは、カウンターのおしぼりを五つまとめて取って、顔の汗を拭きながら語る。三村さんというのは、おそらくアマチュア強豪の名前だ。Lは自分の家も部屋も持っておらず、一年三百六十五日、プロ棋士や将棋ファンの家を泊まり歩いて生活しているのである。そして、どこからも追い出され、行く当てがない時に、須田の家にやって来るのだ。

「放浪の将棋指し」と言われる所以《ゆえん》だった。若き日に愛妻を亡くし、自分の終《つい》の棲家《すみか》は将棋だけである、という悟りを開いたのだそうだ。彼の全国行脚《あんぎゃ》の副産物として、今の鍵谷や須田がいると言っても過言ではなく、彼の悟りは無駄ではなかったのだ。

「おやっ？」

Lはカウンター席を見て叫ぶ。ようやく鍵谷の存在に気付いたらしい。

「おや、おや、おや、おや？」

止《とど》めに一声、「おや」。

「あなたは半分死んだと須田くんから聞いていました。でも、生きてる」

Lの死生観は普通のそれとは異なっている。全力で将棋に取り組んでいる者だけが、十全に生きている者であり、将棋をしない者はそもそもこの世に存在しないことになっているのだ。途中で将棋を辞めた者は死人であり、全力を尽くさなくなった者は半死人や病人と呼ぶことになっていた。

「放っておいてください。俺は死につつあるんです」

抗弁する鍵谷を、Lはもう一度全身隈《くま》なく眺めてくる。まるで鍵谷の体を盤面に見立てて考えているようだ。「ちょっと触ってみていいですか？」と聞いてきたので、鍵谷は全力で断っておいた。

「いやぁ、生きてますよ。どう見ても。その新聞、さっき読んでいたものでしょう」

Lは新聞紙を拾い上げ、長く開かれて形が付いたページを探し出して指摘する。

「ほら、詰将棋と公式戦の棋譜のページをずっと読んでいた。他の新聞もそうです」

Lは名探偵ばりに次々と動かぬ証拠を突きつけてくる。須田はカウンターの中で、壁に手をつき、口を押さえて笑いを堪《こら》えていた。

「将棋の勉強をしないと言っておいて、あなたは無意識のうちに学んでしまっているのです。それに、先日の棋王戦の棋譜見ましたよ。生きているなんてもんじゃない。生きレストだ」

Lの中で生きるという言葉は、「生きる、生きラー、生きレスト」と活用され、尋常でなく将棋に打ち込んでいる者にだけ「生きレスト」の称号が与えられる。

「そういう力武先生はどうなんです？　A級の住み心地は？」

褒められて素直に喜んでしまうのも癪なので、問いかけで返す。

「今年はねぇ、真苅《まかり》くんと、施川《しかわ》くんと、北村《きたむら》くんに勝って残留という感じですねぇ。いや、野沢《のざわ》くんと、星野《ほしの》くんと、井浦《いうら》くんに勝てば挑戦まであるぞ。むむ、石黒くんにも勝てば確実だっ」

Lは一人で盛り上がり、今年の順位戦の展望を嬉々《きき》として話し始めた。Lの凄いところは、芥川四天王との対局を勝星に勘定しているところだった。元天才と言えばこのLが元祖で、過去に名人に七度挑戦し一度も奪取できなかったという経歴を持っている。

五十歳を過ぎてからは棋力に衰えが見え始め、低段棋士にもころころ負けるようになった。アマチュアとの指導将棋において、ハンデ無しの平手で戦って負け、悔しそうな表情をしているのを見たのは一度や二度ではない。それでも将棋界の最強クラスの棋士達と指せばいい勝負をし、五分の成績を残してしまうところが、人生の後半期に現れた彼の異常な才能であった。

Lは機関銃のような一人講談を止めると、カウンターの中で皿を拭き始めていた須田に向かって言う。

「鍵谷くんは後で僕と指して貰います。でも、今は須田くんだ。君はね、C級2組にいつまでもいていい人材じゃないんです。さぁ、行きますよ」と須田の腕を摑む。

須田は「店をやんないと……」と言い訳をするが、Lは「『本日は閉店しました』。ちゃんと札を裏返しておきました」と離さない。Lは須田を担ぐようにして、屋根裏部屋へと上がって行った。上には盤駒と時計が揃《そろ》った研究部屋があるのだ。

鍵谷はカウンターにうつ伏せになり、「騒々しい人だ」と独りごちる。

Lは弟子を通算百人程とったが、プロ棋士になれたのは須田一人だけである。地方を巡るたびに将棋が強い子どもがいれば、「天才だっ。将来の名人だ」と褒めちぎり、その気にさせて奨励会を受験させまくったのだ。あまりの見る目の無さに、連盟側はLに弟子をとるのを禁じた程であった。Lは愛すべき人間だが、他人の気持ちや政治的機微には疎《うと》いところがあった。だが、そういうところが、須田や鍵谷を惹《ひ》きつけている。

暫くすると、喫茶店の扉を何者かが叩く音が聞こえてきた。Lは閉店状態にしておいたと言っていたはずだ。喫茶店の客ではなく、須田本人への来客なのかもしれない。

「鍵谷英史はいないか。プロ棋士の鍵谷だ」

男の声が聞こえてくる。須田ではなく、鍵谷を訪ねてきているらしい。ここにいることを知っている人間は極僅かなはずだった。少し恐れを感じながらも、扉を開ける。

キャップ帽に髭面サングラスの、競馬場で十人に一人は見かけるような格好をした男が立っていた。サングラスで目元は見えないが、何か切羽詰まった状況にあることは、引き攣《つ》った頰の筋肉から見てとれた。

そして、男の背後から一人の少女が現れる。金色の髪に、青い目。

サラだった。

「あなたは誰なんです?」

鍵谷の問いに男はサングラスを外して答えた。

「瀬尾健司。彼女の父親だ」

キング&クイーンの窓側の四人掛けのテーブル席で、鍵谷と瀬尾父娘《おやこ》が向かい合っている。鍵谷は、瀬尾には珈琲のホットを、サラにはオレンジジュースを出してやった。あまりにも長い間、この喫茶店で過ごしてきたので、何がどこにあるか全部わかってしまっているのである。

瀬尾は珈琲をすすりながら、値踏みでもするかのように鍵谷を見てくる。サラは一ヶ月前、都心を一緒に駆け回ったことを忘れてしまったかのように、よそよそしい。

——まさか、彼女を連れまわしたことを怒っているのか？

確か瀬尾健司は、サラの義父であったはずだ。おぼろげながら、昔奨励会で見たことがあるような気もしてくる。彼の指導によって、サラは女流名人にまでなったのだ。血は繋がっていないながら、溺愛《できあい》していてもおかしくはない。娘に付いたかもしれない虫を、払いに来たのではないだろうか。

予想に反して瀬尾はキャップ帽をとり、鍵谷に向かって頭を下げた。

「今日は娘のことでお願いをしに来た」

鍵谷は息を呑む。

「会うな、と？」

「逆だ。あんたが暇な時は、定期的に会ってやって欲しい」

瀬尾の隣でサラが、ジュゴゴゴゴとストローで音を立てている。

「これから少々忙しくなる。俺一人では面倒を見切れない、というのが正直なところだ。

了解してくれるか？」

「了解も何も……。意味がわかりませんよ」

鍵谷の返答に、瀬尾は忌々しげに舌打ちをする。やっぱり怒っているのではないか。

瀬尾はバッグから携帯マグネット将棋盤を取り出すと、適当な局面を並べてサラに渡し、少し離れるように言った。サラは瀬尾とは意思疎通できるようで、マグネット盤を持って、踊るように遠くの席へと移動していった。

瀬尾は小声で話し出す。

「妻が逃げた。サラが今まで稼いだ対局料を全部持ってな」

鍵谷は「えっ」と叫びそうになる自分の口元を押さえる。

返す言葉がない。ご愁傷様でした、なんて言葉は煽《あお》りにしか聞こえないだろう。

妻のマリアは昔から精神的に不安定なところがあったのだという。極度の依存体質で、誰かに構い続けて貰わなければ、この世界に生きている実感を得られない。瀬尾はサラの将棋トレーニングや、将棋教室、講演会などの仕事が増えてきていて、マリアに構ってやる時間が少なくなっていたのだという。

思えば、鍵谷がサラを送り届けた日も、一人で酔い潰れて瀬尾やサラに対する不満を撒き散らしていた。部屋の中が殺風景だったのは「立つ鳥跡を濁さず」ということか、もしくは金目のものを全て売り払った後だったのかもしれない。

「女は昔の男に対しては、どこまでも冷たくなれる生き物らしい」

瀬尾が空笑《そらわら》いし、気まずい沈黙が場を支配する。目の前にいるのは、娘にたかる害虫に怒る父親ではなく、妻に逃げられ憔悴《しょうすい》し切った一人の男でしかなかった。

先程から時折、天井が激しく揺れる音が聞こえてきていた。

「この音は？」

真上を指差して瀬尾が聞く。

「エ……、いや、力武先生ですよ。上に来られているんです」

Lは練習将棋でも盤を割らんばかりの膂力《りょりょく》で、叩きつけるように指す。結果、Lが一手指すたびに喫茶店全体が揺れる仕組みになっていた。不安を覚えた須田は、耐震補強を一からやり直したという話である。

「将棋を研究できる部屋があるんだな？」

「ええ、一応」

「なら、安心して置いていけるということだ」

鍵谷は「は？」という間の抜けた声をあげる。

「正直俺はサラの研究パートナーとして、限界を感じ始めている。サラは俺の他に誰の指図も受けない。だが、奨励会三段止まりの俺じゃ、彼女の才能を御《ぎょ》し切れない。そこで、あんただ」

「俺、ですか？」

「そう、あんた。サラが対局した相手に付き纏《まと》うなんてよっぽどのことだ。サラは芥川と記念対局をしたこともあるが、付け回したりはしなかった。サラは芥川じゃなく、あんたを選んだ。あんたの将棋はサラに惚《ほ》れられたんだよ」

芥川の将棋には靡《なび》かなかったのか——。

この男、上手く自尊心をくすぐってくる。

「いや、将棋なんて教えようと思って教えられるものでは……」

「強い奴の傍で空気を吸うだけでいい。それをしてこなかったから、俺はプロになれなかった」

「でも」

「でも、じゃない。俺は嫁に逃げられたんだ。金を全部持ってな」

どうも断りにくい空気になってしまっている。

この瀬尾という男は、妻に逃げられたということを利用して、娘により相応しい将棋教育をほどこそうとしているのではあるまいか。この男の価値観も世の中のそれと比べて転倒してしまっているのではないだろうか。

サラを鍵谷に預ける時間を使って講演活動を増やし、家計を立て直す計画なのだという。サラの将棋はその日の気分によってムラがあるので、安定した収入を期待することができないのだそうだ。

「講演では何を？」

興味本位で尋ねてみる。

「いかに障がいのある子どもと関わり、才能を引き出し、女流名人にまで育て上げたか——。言ってみれば宝くじの当て方をもっともらしく語るようなものだ。詐欺に近い仕事と思っているが、俺にも生活があるものでね」

瀬尾はそう言って、皮肉めいた笑いを見せた。


サラがキング&クイーンに来るのは、週に三日ほどだった。朝、七時頃にサラを送り届けると瀬尾はどこかに消えてしまう。そして、遅い時は迎えに来るのが夜の十時を過ぎる。服に煙草《タバコ》の匂いが染みついている時があり、鍵谷と須田は「パチンコやってんじゃねぇの」と思ったが、敢えて言葉にはしなかった。

日中は須田が店に出ているので、屋根裏の将棋部屋で鍵谷とサラは二人きりになる。サラが対局に集中できる時間には限りがあり、将棋をするのは二、三時間程だった。残りの時間はお互い目も合わさずに別々のことをする。

サラは画用紙にクレヨンで前衛美術としか思えない絵を描いていたかと思えば、鍵谷が読み終わった雑誌を細かく切り刻んで、単語を集め、並べ替えて遊び始める。眠っていたかと思えば、部屋の中を一人で全力疾走し始めたり、床を転がりまわったりする。よく公式戦で支障なく将棋が指せているものだと、鍵谷は思わざるを得なかった。実際、対局日には瀬尾が隣の部屋で待機していて、彼女の問題行動に備えているのだといぅ。そして、彼さえいれば、サラも大きな問題は起こさないようだった。

十四歳の彼女だが、暫く一緒に過ごしてみて、小学校低学年の女児——という印象を受けた。

最低限の意味の通る言葉が話せるだけで、将棋以外は何もできないと聞いていたが、それも間違っているように感じられた。彼女の中には彼女だけの王国があり、そこではこちらの世界と文法が異なっているが、何かを表現しようとしている。少なくとも鍵谷にとっては、退屈しない少女であった。

来るたびに一、二局将棋を指す。女流トップクラスで強いとは言え、一局たりとも鍵谷を負かすことはできない。序盤の知識量、中盤の読みの深さ、終盤の正確さ——どれをとっても鍵谷が圧倒的に上回っていたのだ。

鍵谷が彼女の中に見出した唯一の天賦は、これまで彼女が評価されていた部分とは全く別のところにあった。それはやはり、白川粋を彷彿とさせるものだったのである。

5

鍵谷がサラに見出した新しい才能は、白川粋と同じく「序盤を切り拓《ひら》く力」だった。

これまでのサラの将棋への見方は、序盤は拙《つたな》いが中盤以降に不可思議な手を見せ、逆転に導いていく——というものだ。後半からの追い込み型と思われていたのである。萩原塔子との女流名人戦最終局で見せた将棋は、その典型例であった。

だが、鍵谷はそれが彼女の才能の本質ではないと見抜いたのである。

勝負師としての能力は、サラよりも自分や他の男性棋士達のほうが上であろう。それは彼女のこれまでの公式戦を見ても、練習将棋を指してみてもわかることだ。

鍵谷がサラに嗅《か》ぎ取ったのは、サラの将棋の芸術的・創造的側面だった。序盤における未知の構想力である。彼女は序盤において、見たこともない不可解な手をよく指すのだ。そして、案の定その手が原因で作戦負けに陥り、護池は序盤が下手《へた》なのだ——ということにされてしまっている。

違うのだ。サラは圧倒的な序盤センスを持ちながら、それに棋力や物事を体系化する能力が追いついていないために、具体的な優位として盤上で表現し切ることができないだけなのだ。

鍵谷はサラと何局も練習将棋をする中で、病床の粋が幻視していた手が、繰り返しサラによって指されるのを見ている。もちろん、サラはその手以降を上手く組み立てることができずに、鍵谷に優位を奪われてしまうのだが、やはり輝く何かがあった。

「サラ、お前、もしかして粋の生まれ変わりか？」

喫茶店の屋根裏練習部屋で、何度か尋ねてみたことがある。サラは何も答えず、ただ盤上で粋がノートに書いた手を示すだけだった。

鍵谷がサラに白川粋を重ねて見ていたことに間違いはない。

鍵谷も十四歳の時の志を思い出し、再び将棋に熱心に取り組むようになっていった。

そして少しずつ成績を伸ばしていく。将棋にとって重要なのは、個々の努力と持って生まれた才能なのだろうが、時として人との出会いや相性がものを言うことがある。絶好のライバルや研究パートナーを得た時、爆発的に能力を開花させる人間もいるのだ。思えば、鍵谷の才能が一番輝いていたのは、粋と一緒に将棋を指していた時だった。

そして、たぶん、今の鍵谷とサラの関係もそうだった。

鍵谷はサラとの練習将棋と並行して、粋がやろうとしていた「芥川体系の外側の世界」の模索も続けていく。粋が遺した手の数々は、これまでも鍵谷独自で研究してきていたが、どうにも読み解くことができなかったのである。

一体、何故《なぜ》こんな手を思いつくことができるのだろう？　将棋の神様の棋譜を盗み見して、そのまま書き写しただけではないか、という手の数々だったのだ。公式戦で使うにも、「その先」が見えていなければ著しく不利になってしまう。だからサラと共に行ったのは、純粋な学術としての将棋の研究という意味合いが強かった。公式戦で勝つためというよりは、神の閃きを授けられた盤上の巫女《みこ》・護池サラの導きを辿って、人間・鍵谷英史が世界の向こう側へ辿り着こうとする、半ば絶望的な試みだったと言える。

鍵谷とサラとの関係は、数学界におけるハーディとラマヌジャンとの関係にたとえることができるかもしれない。

ラマヌジャンは現代数学について正式な教育を受けたことがなく、祖国のインドで一人、数学に取り組んでいた。彼は厳格なバラモン階級で、瞑想《めいそう》によって天啓を得るという方法で定理を生み出していく。ラマヌジャンはその成果を手紙にし、英国の数学者で既に大家であったハーディ教授に送る。ハーディはそれを見て困惑した。手紙には既によく知られた定理と、見たことのない定理が並んでいたが、そのどれにも現代数学で最重要とされる「証明」が付けられていなかったのである。悪戯《いたずら》だと思って一度は手紙を屑《くず》かごに投げ入れたハーディだったが、書かれていた定理が頭から離れず、ついつい読み直してしまった。結論は一つ。それは天才の所業だった。

ハーディはラマヌジャンを英国に呼び寄せ、共同研究を行った。ラマヌジャンの独創的な才能は考えるプロセスを経ず、直接答えを導き出すところにあった。神様が持つ

「ＴＨＥ　ＢＯＯＫ」から直接答えを書き写したような定理を吐き出すのである。ハーディは、ラマヌジャンを支え、その定理に現代数学的な証明を与えることで、ラマヌジャンの天賦を地上のもの、つまりは論文に変えていったのだった。野性の天才と、現代的天才の二人の邂逅《かいこう》が数学史にとって重要な発見を導いた。

鍵谷はサラと出会ってから三年程の間に、彼女の天賦の直観と協力して、現代将棋の裏側・外側に流れる別の道を模索し続けた。将棋というゲームは今まで鍵谷が想像していたものよりも、深く広い。枠はこの向こう側にいるのだと確信できた。

この時の序盤研究を、鍵谷もサラも公式戦で使うことはなかった。どこまで行っても未完成であり、実戦に耐え得《う》るかという心配があったのは勿論《もちろん》だが、サラが頑なに公式戦で使わないので、鍵谷だけが使うのは不公平と思われたのだ。完成の暁《あかつき》には、二人で発表できればいいと思っていた。

そして、独創的過ぎる研究を使わずとも、鍵谷は公式戦で勝ち始めていたのである。

サラと出会ってから一年半後、鍵谷は若手棋士の登竜門・王位戦予選を勝ち抜き、芥川四天王が顔を揃えるリーグ戦を制して芥川慶一郎への初挑戦を決めた。

第一局で、盤を挟んで向かい合った時、鍵谷は芥川に対する恐怖心が消えていることを知る。なぜ気が付かなかったのだろう？　今まで地獄の鬼のように見えていた男は、未知の世界を見たくて堪《たま》らない子どもが、そのまま大人になったような中年に過ぎないではないか。

急所、要所に手が伸びる。史上最高の天才と互角に渡り合えている。

――今なら、神様の抜け道を通り抜け、向こう側の世界に行けるかもしれない。

三勝三敗で迎えた最終局、鍵谷と芥川は何かに導かれるようにして、十一年前、病室で指し継がれた白川粋、絶局の将棋をなぞっていった。鍵谷が粋側を持ち、芥川が昔と変わらず芥川側を持つ。粋が優位に立ちながらも、勝ち切れなかった将棋である。芥川も同じ形を同じ手番で受けるということは、自分側がよくなる変化を見つけたということなのだろう。

四十九手目、鍵谷は駒台の銀を人差し指と中指に挟み、長く遠くにいた恋人を眺めるような目で見る。

――粋。やっと見つけた。十一年かかった。サラっていう女の子の助けも借りた。これでお前のいる世界に少し近付ける。

そして優しく、盤上に銀を置いた。

名人が咳き込む。盤上は凪《なぎ》のように静かだ。

延々と粘る芥川を振り切り、最後の手を着手した時、鍵谷は亡き親友との約束の一つを果たしていた。

——英。ぼくの手を継いで、芥川を超えろ。

鍵谷は粋の言う「向こう側の世界」へと、一歩足を踏み出したのだ。

鍵谷は、芥川の牙城《がじょう》を崩した最初の若手棋士となり、注目を集めていくことになる。次は粋と共に目指した「名人」だ。その時の鍵谷の実力と勢いからすれば、それは決して夢物語ではなかっただろう。

一方でサラも、女流タイトルを次々と獲得していき、対男性棋士戦でも五分以上の星を叩き出すようになっていた。二人の共同研究は、何も鍵谷だけに益があったわけではなく、サラの将棋にも変化をもたらしたのである。

そして、サラの変化は盤上のことだけにとどまらなかった。

驚くことに彼女は、鍵谷の前では意味の通った言葉を、たどたどしいながらも話し始めたのだ。それはちょうど、鍵谷が芥川を破り王位を獲得した直後のことであった。

粋との約束を果たしたご褒美として、神様がサラに言葉を与えてくれたのかもしれない。神様の抜け道を通り、彼女は向こう側の世界から、こちら側の世界に降りてきてくれたのだ。

それから一年程、鍵谷とサラの蜜月《みつげつ》が続くのである。

6

「カギヤ、駒、泣いてる」

　鍵谷がサラとの会話の中に、初めて彼女の自我や感情を見たのは、この言葉がきっかけだった。

　芥川を破った次の日の屋根裏研究会で、彼女は何気なくそう言った。サラはこれまでも、鍵谷と将棋盤を挟みながら、彼女独自の言葉を呟いてきている。あまりにも自然な流れだったので、思わず聞き逃すところだった。

「カギヤ……だって？」

　鍵谷の問いかけに彼女は青い目を伏せる。

　サラは今まで鍵谷のことを「エイ」と呼んでいた。恥ずかしながら鍵谷が彼女にそう呼ぶように仕向けていたと言って間違いはない。白川粋が鍵谷を呼ぶ時に使っていたニックネームである。鍵谷は完全に目の前の少女に亡き親友を重ねていたのだし、彼女も進んでその役割を引き受けようとしているように見えた。

　それがあったからこそ、人見知りが強く、女性に免疫のない鍵谷が、意識せずにサラと長い時間を過ごすことができたと言える。もしも粋が生きていたら――という叶わない願いをサラに投影し、まるで本当の親友のように話し掛け続けていたのだ。

聞き違いではなく、それ以降、サラは鍵谷のことを「カギヤ」と呼ぶようになる。

――わたしは白川粋じゃないよ。護池サラなんだよ。

鍵谷には彼女がそう強く主張しているように思えた。

最初に感じたのは不快感である。完全にコントロールしていた何かが、操作不能になるような感覚。浄瑠璃人形《じょうるりにんぎょう》が操者の意図しない動きを始める恐怖感に似たものだ。鍵谷は最初、この新しいサラに対応できず、真正面から目を合わせられなかった。

初タイトル獲得から一週間後、鍵谷は神戸の霊苑《れいえん》に向かった。粋に報告するためだ。

墓石の前で手を合わせ、目を瞑ると、粋の声が聞こえてくる。

――英、もうぼくがいなくても、生きていけそうか？

「粋はずっと傍にいてくれた。昔も今もこれからもずっと……」

――君の傍にいたのはぼくだけじゃない。英、君は君のために生きろ。

「粋……」

幻聴は徐々に遠ざかり、やがて消えていった。水桶《みずおけ》の音に目を開ける。粋の声が本当の霊魂だったのか、鍵谷の願望だったのかはわからない。しかし、十一年の時を経ることで、ようやく粋の死を受け入れられたのは確かだった。

鍵谷はサラの義父の瀬尾に、彼女の変化を伝えておくことにする。

「あいつの言葉には全て意味がある。あんたが聞き取れるようになっただけだ。耳がよくなったんだよ」

瀬尾は真顔でそう答えた。実に彼らしい言い分であった。

サラが意味の通る言葉を話し、ストレートに感情表現を始めたことで、全てがよい方向に向かったわけではない。今までと比べて彼女の扱いは、著しく難しいものになっていた。

これまでは数学の問題を解いていれば事足りたが、今は国語の問題も並行して解かなければならないようなものである。そしてそれは「目の前の少女の気持ちを述べよ」という、鍵谷にとって世界で一番難しい類の問題なのだった。

ある時、屋根裏での研究会で、サラの手番なのに彼女は窓のほうを見つめるだけで、駒を動かそうとしないことがあった。将棋の手を考えている風でもなく、頬を膨らませたりしぼませたりしている。どうしたのか聞いても、「カギヤ、つまんない」としか答えない。

鍵谷は一時間の長考の末、「外出」という一手を導き出す。

帽子を被せ、大きめのサングラスを掛けさせて変装させると、外国のモデルみたいでよく似合っていた。最初は不機嫌だったものの、一緒に堤防沿いを歩くと、彼女の足がスキップするように弾み始めるのがわかった。

彼女自身も自分が不快な理由がわからず、今やっとその答えを見つけたようだった。「将棋を指したい」ということ以外の心の動きを、自覚し始めたのだ。

散歩をしながら一緒に将棋のアイデアを考えると、屋根裏に閉じ籠《こ》もっていた時よりも捗《はかど》るのがよくわかった。

——もしかすると、今までも彼女は俺にこんな気持ちを訴えかけていたのかもしれないな。

ただ、鍵谷は彼女のシグナルに気付くことができなかった。サラに粋を重ねるだけで、彼女の心を汲《く》み取ろうだなんて考えもしなかった。

サラは鍵谷の二、三歩前を踊るように、跳ねるように歩いていく。それを見ると、鍵谷の心まで自由になったように思えた。

生まれて初めて映画館に行くことになったのも、彼女がきっかけだったのかもしれない。白川粋ができなかったこと、護池サラができなかったこと、鍵谷英史がやってこなかったことの全てをやろうと思った。

サラの手を引いて、窓口でチケットを買う。初めてであるせいか、声が震えた。

映画の内容はカンフーアクションだった。帰り道の堤防でサラが劇中の俳優の真似《まね》をして、奇妙な技を繰り出すのがおかしかった。それはどう見ても酔拳だった。

二人でカラオケに行ったこともある。サラは機材が珍しいのか、弄《いじ》りまわし、次々と曲を入れていく。どれも鍵谷の知らない曲ばかりだった。そして、彼女も知らないらしく、結局マグネット将棋盤を取り出して、時間いっぱい将棋の研究をするだけで終わる。一度解き放たれたサラの感情と好奇心は留まるところを知らない。

元々、瀬尾や祖父の正剛の薫陶を受けたこともあったのだろう。彼女は文学・芸術方面に強い興味を示した。二人で図書館に行くと、鍵谷が流行小説や芸能人のエッセイを手に取るのと対照的に、彼女は分厚い古典文学を持ってきて鍵谷に渡すのだった。

「昔、一回、読んだ」

幼い頃、わけのわからないままに祖父に読み聞かせられていたのだという。文字の並びは一字一句覚えているけれど、今もう一度読むと、そこに流れていた感情がわかって楽しいそうだ。昔は全てを共感覚で捉え、文学を映像化するだけだった。今はそこに、言語化も映像化もできない、初めての感情が流れている。

鍵谷とサラは、失われ損なわれていた青春の時間を埋めるかのように遊び、そして、将棋に没頭した。それは二人にとって、人生で一番幸せな日々であり、永遠に続くと思われた盤上での楽園だった。

一生将棋をして過ごし、同じ夢を持ち、一緒に遊び続ける――。

粋と共に夢見たものを、鍵谷はサラと実現していた。粋は将棋を通じて、鍵谷とサラを結び付けてくれたのだ。

鍵谷が人生で初めて恋をした相手は、たぶん白川粋だった。そして今、人生で二回目の恋に落ちつつある。サラのほうも鍵谷に好意を抱いているようだったが、おそらくそれは兄に対するような思慕の念だろう。

もしかすると彼女は、一生、男女の恋愛感情のようなものに目覚めないのかもしれない。それはそれでいいと思えた。永遠にこの楽園が続くのならば。

鍵谷と出会ってから三年が経ち、サラは十七歳になっていた。感情の扉が開く前の彼女は、小学生で成長が止まってしまったかのように幼く小柄だったが、心の成長に合わせてか、体も女らしく成長していった。

骨張った体は丸みを帯びていき、彼女はまたたく間に大人になってしまった。それでも、シャツとパンツ一枚で平気で研究部屋を歩き回るので、目のやり場に困ってしまう。恥じらいというのは、結構複雑な感情のようで、未《いま》だに彼女はそれを獲得できていないらしい。

研究会の盤上で、ふと指が触れ合ってしまうことがあるが、そんな時、鍵谷は思わず大袈裟《おおげさ》に手を引っ込めてしまうのだった。そして、部屋を出、喫茶店を出て、街に飛び出しひたすらに走る。

——俺はサラが好きなような気がする。気がするじゃなくて、好きだろう。いや、かなり好きなのだ。好きで何が悪い。

自己暗示をかけるように、もんもんと心が転がっていく。

半時間程して息を切らしながら、サラの元に帰る。彼女は不思議そうな表情で鍵谷を見てきて、やがて悪戯な笑顔を浮かべると、再び指に触れてくる。鍵谷は堪らなくなって、もう一度、部屋を出て駆け始める。その後をサラが「がおう、がおう」と面白がって追い、結局二人で街中を走り回ることになる。初恋未満の子どものような鬼ごっこ。

盤上でも、盤外でも魅せられていた。

今までは週に三日は一緒に研究会を開いていたが、互いに忙しくなるにつれて月一回程しか時間がとれないようになっていく。鍵谷は新進気鋭、若手世代筆頭のタイトルホルダーであり、サラは女流棋界の華《はな》となっていた。特にサラは、とにかく顔さえ出していれば集客が見込めるということで、各地の将棋イベントに引っ張りだこである。驚くことに、将棋関連のテレビにもレギュラーとして抜擢《ばってき》されていた。サラは鍵谷以外とはまだ、まともに話さないらしいが、それがかえってミステリアスな天才女流棋士という演出にもなり、人気の源になっているのだという。

これは棋士として幸せなことであり、二人の時間がとれないのは仕方がないことと言えた。

サラは携帯電話を生理的に受け付けなかったため、研究会の時以外は話すことがない。

そして、久し振りに会えば、将棋の研究なんて横に置いておいて、外に遊びに出るのだった。

「わたし、高校、行ってる」

そうサラが教えてくれたのもこの頃だ。

公式戦やイベントの合間をぬって、定時制高校に通い始めたらしい。出席日数が足りなくても、五年六年をかけて卒業するのがそこでは普通なのだそうだ。会うたびに、学校での友達のことや勉強したことを事細かに報告してくれる。本当に、鍵谷のことを兄のように思っているらしく、こそばゆい感情を抱いてしまう。

もう、これまでのように頭を撫《な》でてやることもできない。触れてしまうと、隠している思いを、悟られてしまうように思われた。鍵谷は彼女との今の関係が変わってしまうことが、一番怖かったのだ。

一緒にいる時間が短くなると、どうしても感情の擦れ違いのようなことが起こってくる。

鍵谷がサラの将棋への取り組みに変化を感じ始めたのも、ちょうど彼女が十七歳になった頃のことだった。

——護池サラは将棋の勉強を全くしてないらしいぜ。

——研究しなくても、強いっていいよねぇ。天才だよねぇ。

棋士室や控室で、そんな声が囁かれるようになっていた。イベントやテレビに出ずっぱりの花形棋士へのやっかみという側面も、もちろんあるだろう。

しかし、実際に公式戦でのサラの棋譜を検討してみると、彼女らしくない手が散見されるのだ。いつもなら喜んで踏み込んでいくところで、じっと消極的な手を指している。最強の手で応じられたら、すぐに負けてしまうような軽薄な攻めも多くなった。

対女流棋士戦が多いので、そのまま成績に表れることは少ないのだが、将棋の内容としてはあまりに稚拙《ちせつ》だった。イベントや学校、その他の趣味に時間をとられ、真剣に将棋に取り組む時間が減ってしまっているのである。

それならば、鍵谷と会った時に思いっきり将棋の研究をすればいいだけの話だろう。だが、どことなくサラは将棋の話題を避けるようになっていた。

「久し振り、会えた、遊ぶ」

と、一日中遊んで過ごそうとするのである。

「将棋、大丈夫なのか？」

と聞いても、

「そういう、カギヤ、つまんない」

と拗ねるのだ。

女流タイトルを次々と失っても、悔しい素振りを見せもしない。鍵谷はサラが本当は悔しいのに、それを必死に隠しているのだと思っていたが、本当に何でもなさそうだった。

サラは出会った頃と比べ、女性らしくなり、会話も軽妙になり、一緒に遊んでいて楽しい女になっていた。でも、鍵谷は彼女にそういう面を求めてはいなかった。

街を並んで歩いていると、自然と腕を絡めてくる。

その時、鍵谷は背中に汗が染みだすのを感じた。

——そうか、そんな歳《とし》か。

鍵谷が最も恐れていたことが、今、彼女に起こりつつあるのではないか?

彼女は将棋に対して興味を失いつつある。それは将棋を嗜む少女が思春期にさしかかる頃に、よく患《わずら》う病だ。もちろん、少女だけでなく少年が罹患《りかん》することもある。

この世界には将棋以外にも楽しいことが山のようにある。異性、音楽、スポーツ、文学、ギャンブル、ファッション……。将棋の世界があまりにも狭く、地味で、将棋を知らない多くの人達にとってはどうでもよいことなのだと悟る年頃だ。鍵谷もサラに出会うまでは、遅れてきたこの病にかかりかけていた。将棋を完全に金儲けの手段として捉え、適当にこなしながら、別の人生を模索するという方向性だ。

鍵谷は結局、他方面を楽しむ才能が無かったため将棋に留まり続けたが、サラは贔屓《ひいき》目《め》なしに広く才能に溢《あふ》れる女である。鍵谷は怖かったのだ。彼女は将棋を捨てて、どこか全く違う世界へと羽を広げて飛んで行ってしまうかもしれない。自分というちっぽけな男を捨てて、誰かと恋をし、遠くへと逃げて行ってしまうかもしれない。

鍵谷は、かつて粋が教えてくれた『ロリータ』という小説を思い出していた。主人公がやっとのことで手に入れた夢の少女は成長し、他の若い男の元へと逃げてしまう。手《て》塚治虫《づかおさむ》の漫画にも似たようなモチーフがあった。女というのは、手塩にかけて育ててくれた最初の男の元を去るようにできているのかもしれない、と鍵谷は思った。恐らくは、義父の瀬尾が今一番それを味わっているのだろう。

もちろん、サラが将棋に興味を失っているのではないか、というのは憶測に過ぎない。

それでも鍵谷は怖かったのだ。

7

「もう一度、将棋だけの研究会を復活させないか」

二ヶ月ぶりに喫茶店の屋根裏で落ち合った時、鍵谷はそう申し出た。サラの公式戦での将棋は相変わらず不甲斐なかったし、将棋関連の仕事の忙しさの中で、彼女が将棋本来の面白さを見失っているように思われたからだ。

六畳間の屋根裏で、サラは困ったような顔をした。

そして、一息吐いて切り出す。

「そういうの、終わりにする」

鍵谷は全身から血の気《け》が引いていくのがわかった。

蒼白《そうはく》になった鍵谷の顔を見てとったのか、サラは慌てて付け加える。

「カギヤ、大事。でも、同じ人とばかり、研究、駄目」

「でもお前、公式戦の将棋、結構ひどいぞ」

「最低限、勝ってる。それに、スランプ」

「だから、それを何とかするために俺と……」

堂々巡りの問答が続く。

サラの目にどんどん涙が溜まっていき、最終的に決壊した。

「うるさい、うるさい。カギヤ、わたしのこと、子ども扱い。自分のこと、自分でできる。説教、嫌い！」

サラはそう言うと、屋根裏部屋を飛び出して、そのまま戻ってこなかった。

考えてみれば、鍵谷とサラでは九歳の年齢差がある。サラにとって鍵谷は大人で、思春期に反発すべき対象になっているのかもしれない。

これ以上関わるべきではないのだろうか、という迷いはある。大人しく様子を見守ってやるのが正しいのかもしれない。今は目いっぱい様々な経験をし、一通りやり終えた後でもう一度将棋に帰ってきてくれればいいではないかとも思う。

しかし、鍵谷にはサラの怠慢があまりにもったいなく思えたのだ。

僅か十七歳でこの才、この棋力である。一番基礎力が伸びると言われる残りの十代のうちに将棋に没頭し続ければ、どこまで行ってしまえるのか底が知れない。鍵谷は名人を目指すつもりであるが、それを力強く奪う人間が出てくるとすれば、それは彼女であろうという確信さえあった。

白川粋が名人になる姿を見ることはできなかったが、サラがそうなる姿なら拝めるかもしれないのだ。しかも、奪い取られる立場という、これ以上ない特等席に座って。

だが、一番大事な時期を遊んで暮らすことによって、本来の天分を発揮できなかった人達を鍵谷は奨励会でたくさん見てきている。そして、奨励会だけでなくプロになったことに満足して、努力することを放棄してしまった人間もたくさん知っているのだ。

サラにとって、鍵谷は口うるさい大人ということになるのかもしれない。青春の真っただ中にいる少女に、鍵谷の声は届かないのかもしれない。だが、鍵谷は逆効果になりかねないなどとは考えもせず、行動に出た。

二寸盤を携帯し、サラの後を追ったのである。二人が初めて出会った頃と、逆の立場でのアプローチだった。サラがイベントの仕事で長距離移動する時は、新幹線を使う。鍵谷はサラと同じ新幹線に乗り込み、空き時間で将棋の勉強をしようと迫った。

新幹線の中でサラに声を掛けようとした時、彼女の後ろ姿は少し疲れている様子だった。だが、振り返って鍵谷がいることに気付くと、彼女は慌てて読んでいた本を隠す。

その本には将棋の図面が載っており、表紙に『強くなる将棋入門　アマ初段までの最短コース』と書かれていた。何度も読み込んでいるのか、大量の付箋《ふせん》がハリネズミのようにページの隙間から出ていた。テレビ番組のための予習なのかもしれない、と鍵谷は推測する。初心者向け講座のアシスタントでもしているのだろう。そんなことよりも、本気の将棋の勉強をして欲しいと思った。

彼女は落ち着きを取り戻すと、とびきりの笑顔を鍵谷に向けてくる。

「カギヤっ」

すぐに新幹線の座席を交換して貰い、隣り合わせて座ることになった。長い移動時間の話し相手が欲しかったらしい。

しかし、鍵谷がリュックから二寸盤を取り出したのを見て、その意味を悟ったのか、途端に表情を曇らせる。そして、サラは将棋の話を切り出させまいと、次から次へと他愛《たわい》のない話題を繰り返すのだった。

「ところで、この局面、お前はどう思う？」

何とかして鍵谷が切り出すと、急に目を瞑り寝息を立て始める。そしてそのまま目的地に着くまで反応を返さなかった。

鍵谷は彼女の自宅や、定時制高校にまで付いていき、将棋盤の上に駒を配置して彼女の気を引こうとした。特に高校にまで押しかけた時は、サラは露骨に嫌な顔をしていた。自分だけの聖域を侵される嫌悪感を持ったのだろう。クラスメイトの眉《まゆ》の無い少女に追い立てられ、結局教室の中には入ることができなかった。

——彼女はやはり、普通の青春を送りたいだけなのだ。

鍵谷はそう理解した。幼い頃から将棋漬けで、明確な自意識もないまま、祖父や瀬尾に用意されたゲームにただ黙々と没頭してきた。感情を獲得した今、彼女は再び決断を迫られているのだろう。自分は生涯の職業として将棋を選ぶべきなのかどうか——。彼女は今までの人生において自分で決断をしたことがない。夢というものは他人に押し付けられるのではなく、自分で選び取らなければ、実感を得ることができないものなのだから。

高校にまで押しかけてからは、サラは鍵谷が視界に入ることすら許してくれないようになった。今度近付いたらストーカーとして警察に言うとまで告げられた。

どうやら本気で怒らせてしまったらしい。嫌われ、失望されたのだろう。気持ち悪いとまで思われたかもしれない。

——俺はなんて女の子の扱いが下手なんだ！

将棋のタイトルを一つ二つ獲っても、女の子一人の扱いすらままならないのである。

苦しみの一ヶ月を送った後、鍵谷の元にサラから手紙が届く。将棋の研究のことは忘れて、とにかく一日だけ付き合ってあげる、というものだった。

待ち合わせ場所に現れたサラは、高校の制服姿だった。定時制高校の昼間部の制服で、友達と一緒に買ってみたのだという。鍵谷は鍵谷で、スーツ姿である。何を着ていくべきかわからず、自分が持っている中で一番高い服を選ぶとそうなってしまったのだ。卒業式の生徒と先生のような組み合わせに、二人顔を見合わせて笑ってしまった。

サラも機嫌が悪いわけではなさそうだ。

予定は未定。鍵谷とサラは東京の街を並んでひたすらに歩いていく。街には三年間の二人の物語が隠れていた。ただの散歩は、思い出を巡る小旅行になる。繰り返す無機質な街並みの一つ一つに感情が溢れている。かつて将棋の話をしながら、この街を遊び尽くしたのだ。秋葉原の路上対局、逃げに逃げ迷い込んだ公園、はしごしながらマグネット盤で将棋の研究をしたカラオケボックス達、喫茶店、ビルの迷宮、走り跳ねた堤防の上、映画館、図書館、点在する神社達、都市の中の廃墟《はいきょ》――。

思い出話は尽きることなく語られ続ける。まるで、二人の関係の感想戦をしているみたいだった。

日が沈み、空は闇に包まれていく。

最後に辿り着いたのは、鍵谷が一人暮らしをしているマンションだった。いつも、喫茶店で会っていたため、彼女を自室に上げたことはない。意識的にそういう状況を作らないようにしていたのだ。

ベッドの横で、二人正座をして向かい合う。サラの表情はいつもと違い、どことなく熱っぽい。

鍵谷はこの三年間、サラと一緒にいた。手を繋いだこともあるし、おんぶをしてやったこともある。しかし、それ以上に進んだことも、そんな雰囲気になったこともなかった。そして、そもそも鍵谷には経験がなかったのである。

出会った頃のサラにはどこか人形めいた無機質な不気味さがあった。だが、今目の前にいる少女にはどこか丸みを帯びて柔らかい印象を持ってしまう。美しさは天のものであり、可愛らしさは地のものだ。微笑む彼女は可愛い女になっていた。

サラは正座のまま前に進み、膝と膝が触れ合う距離まで近付いてくる。そして一転、真剣な面持ちで問うた。

「もし、わたし、将棋、やめる。それでも、カギヤ、わたし、大事？」

抱きしめたいと思った。キスしたいと思った。全力でお前が好きだと叫びたかった。でも、怖かった。

彼女は単なる鍵谷の女になり、本当に将棋をやめてしまうのではないか――。

鍵谷はすぐに答えることができない。だから代わりに、ずっと不思議に思っていたことを聞いた。

「なんで、俺だった？」

十四歳の彼女が懐く相手は、鍵谷でなくてもよかったはずだ。他に強い棋士もいた。若くて格好いい棋士もいた。優しい棋士もいただろう。

彼女はなぜ、鍵谷英史を選んだのだろう？　今のサラは、その時のことをはっきりと覚えていないのかもしれない。でも、聞いておきたかった。教えて欲しかった。

「泣いてた。カギヤの駒、泣いてた。初めて、だった」

「俺の駒が……泣く？」

「カギヤ、きっと、寂しい。わたし、思った」

——粋の姿を探し求め、盤上で一人佇んでいた俺は泣いていたのか。

鍵谷とサラは暫く何も言わず見つめ合った。

サラが先に口を開く。

「もう一度、聞く。もし、わたし、将棋、やめる……」

言い終わる前に鍵谷は答える。

「将棋は俺達を出会わせてくれた。俺とお前と将棋は引き離すことができない。分けて考えるのは無理だ。俺はお前が大好きで、一生一緒に将棋を指して、物凄い場所を、風景を一緒に見たい。——お前は、どうだ？」

気持ちを全部伝えたつもりだった。でも、その言葉を聞いた目の前の少女は、小刻みに体を震わせ、今にも泣き出しそうな表情に変わってしまっていた。

鍵谷にはその理由がわからない。

「カギヤ、わたし、道具？　白川粋、代わり！」

「違う。俺はお前を……」

彼女は誤解している。俺はサラが好きなんだ。

だが、目の前の少女に思いは届かない。こんなに近くにいるのに、心の中を正直に曝《さら》け出しているのに、彼女は理解してくれない。彼女は何を求めている？

「さよなら、カギヤ」

サラはそう言い残すと、部屋を出て行ってしまう。

そして、一人残された鍵谷はようやく気付くのだ。

——将棋なんかなくても、一人の普通の女の子として、サラが好きだ。

単純にそう答えてやればよかったのだと。

でも、自信を持って心の底からその言葉を吐けるか？

鍵谷とサラの間には、いつも将棋があった。街を歩き、一緒に遊んでいる時でさえも、二人の間には見えない盤があったのだ。将棋を通じて語り合えるということが、二人の関係を特別なものにしていた。将棋なんてなくてもという前提は、そもそもありえないのだ。答えられない問いなのだ。

敢えて答えられない質問をぶつけることで、サラは鍵谷を拒絶しようとしたのだろうか。

わからない。わからないが、二人の関係が終わったことは確かだった。


その翌年、鍵谷は公式戦でサラと対局することが決まる。関係が終わってからも、サラの将棋は悪化し続け、一時は五つ持っていたタイトルも女流天衣一つだけになっていた。どんな顔をして、彼女と将棋を指せばいいのだろうか。十代のうちに流れる時間は早い。彼女はもう鍵谷のことなど気にしていないのかもしれない。若手棋士や奨励会員達の噂話の中でも、サラが今若手の誰それと付き合っているという話が聞こえてくることがあった。どこの研究会にも参加せず、遊び歩いているという話もある。

彼女は鍵谷の手から離れてしまったのだ。まだ将棋をやめずに続けてくれていることだけが救いだった。だが、このままやる気なく負け続ければ、早晩棋界を去ることになるだろう。

季節は春。対局室に現れたサラは、タイトル戦のように華やいだ和服で着飾っていた。じっと正座をし、対局開始前の盤面を見つめている。遊び歩き、将棋を諦めた者の目とはとても思えない。対局が始まると、出会った頃のように、厳しく意表を突く手を繰り出してきた。

そして、中盤の終わりに、彼女は鍵谷が想定していなかった一手を指したのである。

六十八手目、８六飛車。

――神様の一手。これがお前の答えか、サラ！

局面はみるみるうちに鍵谷の劣勢に変わっていく。対局中なのに泣きそうだ。十七歳で急に自意識に目覚めて、自分を客観的に見ることができるようになり、自分が本当に将棋を続けるべきか迷いもあったのだろう。人生の様々な選択肢を魅力的に思ったりもしただろう。

でも、彼女はやっぱり将棋を選んでくれたのだ。

この一手は真摯に将棋を想《おも》い、将棋に懸ける者にしか指せない手だ。

鍵谷が頭を下げ、投了の意思を告げると、サラは傍らの脇息《きょうそく》に倒れ込む。そして、そのまま寝息を立て始めた。彼女はこの一局に持てる力の全てを出してくれた。鍵谷は彼女の寝顔を愛《いと》おしく見つめながら、涙が溢れてくるのを堪えることができない。

「おかえり、サラ」

人目も憚《はばか》らず泣いた。嬉し泣きだった。また、彼女と一緒に幸せな夢を見ることができる。彼女が鍵谷のことをどう思っていようと、関係なかった。純粋に、彼女と同じ世界で生き、同じ世界で戦えることが嬉しかった。

しかし、サラはこの対局の一ヶ月後、女流天衣の防衛戦を前にして突如、失踪《しっそう》してしまったのである。鍵谷には全く理解できない行動だった。あれだけ素晴らしい将棋が指せるのに、なぜ将棋界を捨てるのだ？　あの対局を最後に将棋を卒業したつもりか？

彼女は鍵谷に一瞬だけ夢を見させて、直後に地獄に突き落としただけだった。彼女は将棋と鍵谷を捨てた。

サラが消えた後、鍵谷は彼女の行方を探し続けた。日本各地に出向き、サラの情報を集めようとした。棋士仲間からは遊び歩いていると思われたようだが、構わなかった。でも、サラは見つからなかった。

白川粋は死に、護池サラは将棋から去って行った。

——なんで俺が好きになるやつは、みんな俺の元を去って行くのだ？

鍵谷は慣れない酒を飲んで、寂しさを紛らわす。現代将棋への情熱を失い、半死半生で生きた。持っていたタイトルは芥川に奪い返され、順位戦はB級に落ちた。毎日のように粋の遺したノートと、サラとの共同研究ノートをめくり、神様の抜け道を探し出そうとするが見つからない。世界の向こう側はもう視えないのだ。

鍵谷が人生において望んだことは、大好きな人たちと一生将棋を指して過ごすことだけだった。その願いは叶わない。一番欲しいものは絶対に手に入らない。

楽園は、喪《うしな》われた。

そして五年後、鍵谷はネットの世界で「ＳＡＲＡ」というプレイヤーを発見する。ＳＡＲＡは一見して、護池サラを彷彿とさせる手を指す。かつてサラのライバルだった北森七海は、ＳＡＲＡを本物の護池サラだと思い込んでいるようだった。

ある意味それは当然で、十四歳までのサラや公式戦でのサラしか知らない者にとっては、ＳＡＲＡはサラでありえただろう。しかし、誰も知らないサラの将棋を見てきた鍵谷にとって、ＳＡＲＡはサラの紛《まが》い物でしかなかった。本物が持つ序盤の創造性をＳＡＲＡからは感じ取ることができなかったのである。

一年をかけて鍵谷は、ＳＡＲＡのＩＰアドレスを調べ、誰がＳＡＲＡを操っているのかを突き止めた。そして、ＳＡＲＡが桂木想を中心とする研究チームによって開発された、将棋プログラムだと知った。

彼らはサラの思考を元型とした最強プログラムを開発し、名人を破り、将棋の歴史を終わらせるのだそうだ。

桂木は言った。

「僕らの女神、護池サラが将棋を終わらせてくれる。壮大なるゲームのエピローグとして、美しいとは思わないか？」

鍵谷には我慢ならなかった。サラにそんなことをさせたくない。お前らの計画は醜悪だ。俺達が全てを懸けてきた将棋はそんなことでは終わらない！

既にコンピュータ将棋は、ここ数年に行われたエキシビションマッチで、A級棋士達を相手に勝率七割という驚異的な強さを見せている。名人が倒されるのも時間の問題なのだろう。でも、それでも将棋は生き続ける。将棋というゲームの価値は損なわれない。

鍵谷は人間を代表して戦い、それを示す必要があった。

全ては、去って行ってしまった少女が、いつでも帰ってこられる場所を守るために！

鍵谷はまだ、サラが帰って来てくれると信じていた。将棋は彼女が帰ってくる意味があるところだと見せてやりたい。

人間が将棋を指す意味？

そんなの簡単だ。俺達は将棋を通じて出会った。将棋を通じて話をした。将棋で一緒に遊んだ。楽しいからに決まっている！

だから北森、俺に力を貸してくれ。

第三章　神様の抜け道

1

鍵谷の長い話が終わる。

日はとうに沈み、電灯の灯《あか》りがぼんやりと二人を包んでいた。

彼が話す場所に選んだ幹線道路下の小さな公園は、鍵谷とサラが秋葉原の歩行者天国で路上対局をし、逃れ逃れて辿《たど》り着いた最後の場所だった。

ジャングルジムの天辺《てっぺん》には、夜の闇に身を隠したカラスがとまっており、虎視《こし》眈々《たんたん》とゴミ箱を睨《にら》んでいた。

鍵谷は今にも泣き出しそうな顔をして、七海のほうを向いて言う。

「だから北森、俺に力を貸してくれ」

頭を下げる彼の体は、僅《わず》かに震えていた。

——全く、揃《そろ》いも揃って、私達はどうしてこうも不器用なのだろう。

七海は鍵谷の手をとり、しっかりと握る。

「サラのこと、愛してくれていたのですね」

サラが言葉と感情を獲得していたことには、驚かされた。今まで雲の上の人だと思っていた彼女に、身近で等身大の女の子を見ることができたのだ。

彼女は自分の意志で、最後の対局相手に鍵谷を選んだ。あの時の彼女の姿や、指した神様の一手がそれを裏付けている。鍵谷が泣いたのは、負けて悔しかったからではない。盤上で彼女が答えを返してくれたことに、感極まったのだ。

将棋界を去ったサラに内心、靄《もや》は残る。でもそれ以上に、彼女の中に何らかの青春があったことを、心から嬉《うれ》しく思えるのだった。

「いや、まぁ……そうだな」

鍵谷は顔を上げようとしない。サラとの細やかな心のやり取りを堂々と延々語り続けたはずなのに、今更照れている。案外かわいい男なのだと七海は思う。

しかし、彼らの物語は決してハッピーエンドというわけではなかった。

サラは将棋界を捨て、鍵谷と七海の元を去った。そして今、サラの思考を元型としたコンピュータによって、将棋界を終わらせようという計画が進んでいる。

七海はサラの過去を知った。その上で鍵谷に言っておかなければならないことがある。これまでずっと、七海の中で尾を引いていたもの。松の木の天辺に引っかかり続けている後悔。

「私はサラを追いかけてやることができなかった。話を聞いてやることができなかった」

三保の松原で、天に消えてしまう前に、彼女は何かを伝えようとしていた。七海に語りかけようとしていた。

嫌な予感がして必死に追いかけた。でも、少しのところで手をとることができなかった。

「あの時、私がちゃんとつかまえていたら、こんなことには……」

七海は唇を噛《か》みしめる。サラは普通の女の子として、何かに悩んでいた。それを知っていたら――。

鍵谷は握っていた手を離す。

「サラは……最後に何か言っていなかったか」

「銀の涙。そう、銀の涙を探しに行くって――」

そして、「さよなら」と言って霧の中に消えたのだ。

「サラは俺の将棋を見て、駒《こま》が泣いていると言っていた」

鍵谷は暫《しばら》く考え込んでいたが、どうやら答えには至らなかったらしく、一人、ジャングルジムをのぼり始める。思考に没頭するあまりの奇行は、将棋界ではよく見られる光景だった。

やはり、「銀の涙」というのは、盤上に景色や物語を視《み》る、彼女特有の意味を持たない造語でしかなかったのだろうか？

カラスが羽ばたき、飛び立っていく。

「北森、お前も来いよ」

天辺から言う鍵谷に促され、七海もジャングルジムに手をかける。頂上までのぼるのは、小学校以来のことだった。ここからなら、小さな王国の全てを見渡すことができる。みんなを見下ろして王様気分を味わっていた幼い頃が思い出され、頬《ほお》が緩んだ。

「そうか、銀の涙を探しに行ったか」

隣で鍵谷が噛みしめるように呟《つぶや》く。意味の通らない言葉だが、何となく納得できてしまう。意味のわからない、形の定まらない積み木を積んで、いつの間にか立っているのが人生なのだと七海は思った。

「だから、探し終えたら……」

二人の声が重なる。

「帰ってくる」

エゴかもしれない、自分勝手な願いなのかもしれない。

「俺はあいつが戻ってくる意味のある世界を守りたい」

鍵谷が呟く。

それなら——と、七海は囁《ささや》いた。

「名人に、なることですね」

2

鍵谷は東大での一件以降、数週間姿を消していたが、戻ってくるとすぐに将棋への異常なまでの献身を始めた。

一日三時間の睡眠以外は、盤前で過ごす。正座を崩さず身動きすることは稀《まれ》だが、脳内では目まぐるしく駒が行き交っていた。将棋というものは、深く読もうと思えば、どこまでも深い場所に行けてしまう。超集中思考が及ぶ領域は、狂気との狭間《はざま》にあり、長時間滞在することはできない。しかし、鍵谷は一時でも長く、そこに留《とど》まろうとしていた。

対人戦においては、元々持っている力をどれだけ発揮できるかがものを言う。七年前は棋界の頂《いただき》付近にいた鍵谷である。当時の状態を取り戻せるならば、B級を抜けることは難しくないはずだった。

十代の青年ならば、一日十五、六時間を超える研究が血となり肉となることもあっただろう。しかし、鍵谷は三十三歳。将棋に対する基本的能力は既に備わっており、ある意味、完成してしまっているとさえ言える。七海は鍵谷の取り組みに疑問を感じながらも、最初のうちは口を挟めずにいた。

将棋の研究は七海が必要だと思う以上にやっているようだし、何の問題もないように思えたのだ。

しかし、東京対局の折に会いに行って驚いた。顔は青く、目の下には隈《くま》ができていたのだ。幽鬼のような——というよりも、最早《もはや》これは死相である。鍵谷は無茶な将棋研究に没頭するばかりで、食事や睡眠をろくにとっていないらしい。気負い過ぎて、空回りしてしまっているのだ。部屋の中央には『強くなる将棋入門　アマ初段までの最短コース』というタイトルの古本が、数十冊積まれていた。正気の沙汰《さた》とは思えず、精神的にも危うい状態に陥っているのかもしれないと、七海は危ぶんだ。

無理矢理連れ出して病院に行くと、血液検査で異常値が出た。

「このままの生活を続けていると、死にますよ？」

医者が呆《あき》れ顔で言う。

「構わない」

鍵谷は半ば恍惚《こうこつ》とした表情で答える。

付き添いで横にいた七海は、堪《たま》らずその場で鍵谷の頬を張った。診療室にビンタの音が高らかに響く。鍵谷は椅子《いす》から転げ落ち、這《は》いつくばって七海を見上げる。

「死にたがりに、名人になる資格なんてないっ！」

看護師が慌ててとりなそうとするが、七海は構いなどしない。

「白川粋の後を追うのか？　サラみたいに消えんのか？　あんたの守りたいものはそんなもんか！　私は男の美学と心中するつもりはないですよ」

嘘偽《うそいつわ》りない七海の本心である。勝手な自己陶酔というのが、一番嫌いなのだ。

鍵谷はよろめきながら立ち上がり、「すまない」と頭を下げた。

そのまま七海は鍵谷を連れ、新幹線に乗る。そして、大阪のマンションに連れ帰り、

「今日からは、ここで生活してください」

と命じた。

四六時中監視して、規則正しい生活をさせ、まともな食事をさせるのだ。

鍵谷に協力を求められた時、七海は彼の尻を叩《たた》いて将棋の研究に焚《た》き付けねばならないものだと思っていた。実際は逆で、七海がすべきなのは、鍵谷の行き過ぎた没頭に歯止めをかけることであった。

七海は男のために食事を作るのは初めてだった。いつもは外食が多く、自炊すると言っても、野菜炒《やさいいた》めやカレーといった定番料理しかできない。料理本を買って試作したり、実家の母に教えを請うたりで、何とか形にする。鍵谷は何を出しても文句を言わず口に入れた。

客観的に見れば、同棲《どうせい》ということになる。七海は花形女性棋士であり、世間にバレた

らちょっとしたスキャンダルになるのだろう。でも、七海はアイドル棋士ではなく、実力で現在の地位をもぎ取っている。文句を言われる筋合いはない。

男女間の何かしらのことがあったかと言うと、これもない。鍵谷は未《いま》だサラのことを想《おも》っているのだろう。七海を相棒《バディ》としては見ても、女としては意識していないらしい。東京で過去を語ってくれた時のことから推測すると、鍵谷はおそらく今も童貞である。人を嚙んだことがない犬を飼っているようなものだ。

「ひえぇ、師匠にもついに男が……」

奨励会での将棋を見せにきた夏緒が、部屋にいる鍵谷を見て驚く。七海は夏緒に高いケーキを出してやり、かたく口止めをしておいた。

真っ当な生活を取り戻した鍵谷は、順当に勝ち始めた。元々は、白川粋と護池サラという二人の天才を惹《ひ》きつけた器だったわけで、当然と言えば当然だった。五割程度だった勝率は七割を超え、順位戦に限るとそれが九割になった。鍵谷にとって、名人に直結する順位戦だけが本番であり、他棋戦は研究や実験の場であったと言える。

元々、地力はあり、万全の態勢であればB級の器ではなかったということなのだろう。鍵谷は十勝二敗の星で、B級1組からA級に難なく昇級した。こうして勢いに乗ると、全てが上手《うま》く回り始めるものだ。それまで身勝手な性格故に、あらゆる研究会から締め出されていたのが、急に「将棋を教えてください」という誘いが増え始めた。鍵谷は若手棋士や奨励会員達を中心とした研究会を選び、毎日のように参加する。そして、サラを探し求めての彷徨《ほうこう》の間に進んだ最新研究や、水面下で進んでいる新手《しんて》を貪欲《どんよく》に吸収し始めていた。

鍵谷は驚くほど素早く、十代の若者達の中に溶け込んでいった。この男は、自分より年上世代に対しては極端に愛想が悪いが、年下からは相応に慕われるという特性を持っていたのである。

A級のトップ棋士達は、鍵谷の突然の昇級をまだ偶然だと思っている。たまたま順位戦だけに星が集まったと見くびられていた。そう思われているうちがチャンスであり、鍵谷はA級の前半戦を五勝一敗で折り返した。

「残留確定おめでとうございます」

鍵谷がほうぼうの研究会で、若手から祝福を受けるのを七海は聞いた。将棋界で十人しか存在できないA級は、その地位にいるだけで名誉であり、降級を回避することがA級棋士達にとっての至上命題だったのである。だが、鍵谷はそう言われるたびに、不機嫌に鼻を膨らますのだった。目指しているところが違うからである。

この時点ですら誰も鍵谷が名人挑戦者になるとは考えていない。全勝で突き進む前名人の芥川慶一郎、五勝一敗で追うタイトル獲得十一期の石黒人樹《ひとき》、同じく五勝一敗で鍵谷に黒星を付けた若手の王子・宗久《そうきゅう》護《まもる》——という錚々《そうそう》たるメンバーが、挑戦者として予想されていたのだ。

鍵谷は残り三戦で、芥川慶一郎と石黒人樹を残している。

そして、今回のA級順位戦と名人戦には例年とは違った意味が被《かぶ》せられていた。勝者には歴史に名を刻む権利と義務が与えられる。即ち、名人として公の場で初めて、コンピュータ将棋「ヘックス」と対局することが決まっていたのだ。

もちろん、それは名人として初めて機械に敗れ去るという、不名誉な結果になる可能性も充分にある。と言うよりも、玄人筋《くろうとすじ》の見解では、人間側の敗北は確実視されていた。持ち時間一時間という比較的短い将棋では、九割九分ソフトがプロに勝つのは確認されていたし、残り半年で開発が進み、今の二、三倍は強くなることが予想されている。最強クラスのソフトの対A級棋士の勝率は七割を超えているが、現名人・芥川止純のそれは六割四分といったところであった。近年行われたエキシビションマッチで、顔面蒼白《がんめんそうはく》になりながら頭を下げるトッププロ達の姿は、人々の記憶に鮮明に刻まれている。

ある意味、今期名人になることは、自ら進んで毒をあおるようなものだ。

ファンが期待する名人戦の挑戦者は、まずは、石黒と宗久であろう。彼らと芥川ジュニアの戦いは、若手世代最強を決める争いにもなる。勝ったほうがコンピュータと戦って、誰も文句を言わない。棋士とソフトの間での、最先端の応酬を見ることができるだろう。

だが何と言っても、ファンが一番望んでいるのは、芥川慶一郎の挑戦なのである。彼の人生は現代将棋の歴史そのものであり、彼の持つ種々の記録は今後永遠に破られることはないであろう。現名人である息子を退けて復位し、息子の代わりにコンピュータへの人身御供《ひとみごくう》となるのだ。ジュニアとて、父の晩節を汚させるわけにはいかない。父子《おやこ》二代の名人が互いのことを想い、全力でぶつかり合う、血で血を洗う番勝負。歴史、人情、実績——と、まさに絵になる戦いが期待できた。きっと、将棋というゲームのグランドフィナーレを飾るに相応《ふさわ》しい名人戦になる。

一方、挑戦者争い四番手につける鍵谷はダークホースとすら見做《みな》されていない。名人位は、常にそれに相応しい者を挑戦者として選び、選ばれた者だけが名人になることができる、という神話がまことしやかに信じられていたのである。過去の人・鍵谷は、他棋戦で活躍はすれど、歴史ある名人を争う存在にはなりえないと思われていた。

だが、神話は所詮《しょせん》神話だ。歴史を作るのは常に人間の欲望や希望、身を焦がすような情熱だけなのだから。

三月に行われるA級順位戦最終局は、「将棋界の一番長い日」と呼ばれている。鍵谷英史と芥川慶一郎の一戦は互いに七勝一敗の同星で、最終局が即挑戦者決定戦という状況を形作っていた。

棋界の前評判は圧倒的に芥川寄りだ。

鍵谷はかつて、芥川から若手世代で初めてタイトルを奪った。しかし、鍵谷の天下は三年程であり、すぐに芥川本人の手によって奪い返されている。増え過ぎたタイトルを、暫く若造に預けていた——という構図だ。無冠になって以降の鍵谷の凋落《ちょうらく》は、目を覆うものがあった。

「芥川先生に壊されたんだよ」

棋士間ではそう語られた。タイトル戦の舞台で、無惨に負かすことにより、鍵谷の自信や存在価値を否定してしまったということである。

しかし、挑戦者決定戦を前にした芥川本人の鍵谷評は、世間のそれとは微妙に異なっていた。

「私は自分のことを天才と思ったことはない」

将棋誌のロングインタビューで、芥川は持論を展開した。史上最多タイトル獲得者が「自分には才能がない」と言っているのである。しかも、嫌みや謙遜《けんそん》ではなく、芥川には本気でそう思っている節があった。

歴代の大名人は、タイトル戦で格下相手に圧倒的な差をつけて勝ってきたが、芥川の場合、誰が挑戦者になっても内容は微差であった。五番勝負であれば三勝二敗、七番勝負であれば四勝三敗というのが常だった。芥川以外の全ての人間は、そこに芥川の天才を見るのだが、本人にとっては違うのだ。

「ただ、私は誰よりも長く、集中して、続けてきた。だからこそ、これまで天才達といい勝負をすることができた」

芥川は「将棋は才能か努力か？」と問われた時、迷いなく「努力」と答える人間なのだろう。指導者や評論家はともかくとして、才能への幻想を失《な》くしてしまっているトップ中のトップは、そのような考えに傾きがちになる。

「どれだけ修練を積み重ねても、たった一日継続を怠っただけで、全てが崩れてしまう。元の力に戻すには、十倍の時間がかかるものだ。一局の将棋には大逆転勝ちがあるが、人生をトータルして見ると、そうした現象は非常に稀である」

これは、暗に数年のブランクがある鍵谷を指して言ったことであろう。

だが、芥川はこうも言ったのだ。

「私は『天才』を倒し、コンピュータに挑戦する」

世間はこの「天才」を、息子・正純を指した言葉だと受け取った。しかし、奇妙な奥ゆかしさを持つ芥川が、自分の息子のことをあけすけに「天才」などと呼ぶものだろうか？

世間だけではなく、七海でさえも、長い間、これが鍵谷を指して言っている言葉だとは、気付かなかった。

決戦の朝、特別対局室で小さな事件が起こった。芥川慶一郎が九時半に対局室に入ると、先に来ていた鍵谷が上座《かみざ》に座って待っていたのだ。プロの対局には、上座と下座《しもざ》があり、上位者に上座を譲るのが暗黙のルールである。現在タイトルを一つ持ち、過去に錚々たる実績を誇る芥川が上座に着くべきなのは、誰が見ても疑いようがない。芥川の上座に座れるとすれば、現名人の正純ぐらいしかいないであろう。芥川が少しでも何か言えば、鍵谷は上座を譲らざるを得なかったはずだ。

だが、芥川は何も言わず下座に着席した。

——はや名人にでもなったつもりか！

憤りを感じはすれど、こういうところで争わないのが芥川であった。

鍵谷に礼儀を破らせた上で負かし、徹底的に潰《つぶ》してしまおうとした——と考えるのは穿《うが》ち過ぎであろうか。

異様な雰囲気の中で対局が始まる。

序盤戦、再び白川粋の絶局と同一手順を辿っているのは、互いの意地か、あるいは業《ごう》なのか。十年前の王位戦最終局で鍵谷が芥川からタイトルを奪ったのも、この戦型だった。

一つだけ違うのは手番である。

十年前は、鍵谷が粋側を持って指していたが、今日は芥川が粋側に立っていた。最新研究の結論としては、難しいながらも粋側有利とされている局面だった。

　指定戦法や局面における、優劣の見極めは現代将棋において成績に大きく差が出る要素だ。研究や読みの力だけでなく、株式投資のような判断力が求められるのである。答えが出ていない局面に対して、実戦ではわからないながらも、どちらかを持たねばならない。昭和的な勝負師の勘という概念はほとんど消えてしまったが、形を変えてならば残り続けていた。

　――鍵谷が粋側を持たなかった。

　という事実は、七海にとっても衝撃的だった。それは芥川にしても同じだったに違いない。あれだけ天才少年・白川粋に心酔していた男が、絶対に負けられない勝負で、敢《あ》えて敵側を持ち、粋の判断に異を唱えたのである。

　朝から夕方までかけても、遅々として手が進まない順位戦らしい戦いが続く。お互い三十手目前後の一手一手に、一時間二時間と惜しげもなく時間を使って考えていた。この将棋は序盤と中盤の境目が佳境であると、両対局者ともにわかっているのだ。

　この種の大勝負が深夜まで続く熱戦になることは稀である。序中盤に全力を注ぐことで、一度不利になった側が自分の負けを読み切ってしまい、そのまま負けることが多いからだ。

　夕食休憩が明けると、ビデオの早送り再生のように手が進んでいく。

形勢は、またたく間に鍵谷の優勢になり、やがて勝勢へと変わっていった。芥川に具体的な失着《しっちゃく》はなく、「いつの間にか」を繰り返すうちに悪くなっていく。

全盛期の芥川は少し不利な局面から、相手の背中にぴたりとついて離れず、最後の最後で差し切るという逆転劇を数多く演出してきた。それができないのは、芥川の老いなのか、本局において精彩を欠いただけなのか。

少なくとも、有利になって以降、鍵谷が一手のミスもしなかったことだけは確かだった。

護池サラが消えて以降、鍵谷は何も積み重ねてこなかった、と芥川は見ていた。タイトル戦から遠ざかり、クラスはB級に落ちた。しかし、この男は将棋を諦《あきら》め、完全に錆《さ》びていたわけではなく、何か別のものを積み上げていたのだ。

今ここにある現代将棋ではなく、向こう側の世界の将棋を――。

「どうやら、私は君という人間を見誤っていたようだ」

芥川は囁くように言うと、駒台の駒達を盤上に置き、対局室を出て行った。他の人間はどうであれ、芥川は鍵谷という人間の才と覚悟を盤上で悟ったのである。

芥川は鍵谷を、白川粋の天才を継いだ男だと見ていた。だから、十年前、鍵谷の一瞬の才能の輝きの前に負けたのである。しかし、芥川は現状に留まる者に対しては、決して最終的に負けることのない男だった。目標にすべき他者、頼るべき他者を失った時、鍵谷という人間にはその先を目指せなくなってしまうという致命的弱点があり、芥川の慧眼《けいがん》はそれを見抜いていた。護池サラという新しい道しるべが消えた時、鍵谷は芥川の敵ではなくなっていたはずだった。

しかし、鍵谷は今日この対局で、芥川だけではなく白川粋をも向こうにまわして戦いを挑んできたのである。二十年の時を越えて、目の前の男は少年時代の天才を、憧《あこが》れ崇拝する対象として見るのではなく、ライバルとして肩を並べようとしたのだ。天才を乗り越えようと足掻《あが》く者。芥川は鍵谷に、かつての自分の姿を見たのかもしれない。

対局室から去りゆく芥川の表情は晴れがましく、白川粋との最後の戦いの時と同じものであったという。

鍵谷が挑戦者に決定したとの報は、大きくは伝えられなかった。

『芥川父子対決ならず！』『芥川、相手の無礼に乱調』

と、あくまでニュースの主役は芥川慶一郎だったのだ。鍵谷が名人挑戦者になって得たものは、悪評、悪名である。敢えてふてぶてしく上座に座ることによって、老いた芥川の動揺を誘い勝利したというのが通説となっていた。鍵谷としては、極限まで高められた集中力によって、単純に自分が座るべき場所を失念していたに過ぎない。投了した芥川が憤然とした様子で感想戦も行わず対局室を去った——という風聞も相まって、鍵谷に世間の逆風が吹き始めていた。

将棋ファンは保守的で、礼儀に反する者を蛇蝎《だかつ》の如《ごと》く嫌う。

鍵谷は世渡りの機微に疎《うと》いところがあり、上座事件について記者に聞かれても、

「気付かなかった。でも勝ったからいいだろう？」

と最悪の答え方をしてしまう。

鍵谷の上座事件は、将棋界の倫理観の逆鱗《げきりん》に触れていた。こんな男を名人にしてはいけない、という空気が生まれていたのである。

名人挑戦が決まってから番勝負までの一番大切な期間に、鍵谷は若手棋士達との研究会を組めなくなってしまう。対局料の低い若者の研究を一方的に搾取《さくしゅ》している、と芥川父子贔屓《びいき》の観戦記者に詰《なじ》られたのだ。結果、若手達が鍵谷に協力しにくい空気が作り出される。村社会特有の冷ややかで陰湿な対応と言えた。

七海が見た名人挑戦決定後の鍵谷は、盤前に座り、修行僧のようにひたすら集中しているという、いつもと変わらないものだった。この男はいい意味でも悪い意味でも、世の風に鈍感だ。元々、名声を好まず、個人的な約束と絆《きずな》のみを生きる寄る辺《べ》としている。棋界の空気に腹を立て、いたたまれない思いをしているのは七海だけで、何だか馬鹿らしくなってしまう。七海は直接口を挟まず、ただ彼を支えた。

芥川ジュニアとの名人戦は、圧倒的にジュニア持ちの前評判であったにもかかわらず、

鍵谷が奮闘し、三勝三敗で最終局を迎えることになる。そんな中、東大コンピュータ将棋開発チームが記者会見を開いた。

3

桂木は居並ぶ記者達を前に、開口一番こう切り出した。

「三ヶ月後、将棋は、死にます……」

そして、たっぷりと間を空け、ゆっくりと周囲の反応を窺《うかが》ってから続ける。

「できることなら、こんなことをしたくはなかった。僕も幼い頃からプロを目指し、名人に憧れた子どもの一人だったのです。将棋の名人は僕らの神様でした。将棋界の顔であり、父親でありました。江戸以来四百年の歴史を誇る生きた伝説でした。ですが――、そんな名人が、三ヶ月後、僕らが作った娘・ヘックスに無惨な敗北を喫するのです」

会見場から「そんなのやってみないとわからんぞ」と野次が飛ぶ。

桂木は沈痛な面持ちを変えず淡々と続ける。

「名人が僕達に負けることは、確定的です。一番勝負でしたら、こちらが敗北する確率が一割ほどありましたが、今回は七番勝負。統計学的に名人が名誉を守り切れる確率はゼロに等しいでしょう。だから、僕は悲しんでいる」

また会場から「人間は確率では測れないぞ」と野次が飛ぶ。乱入者なのか、仕込みの人間なのかは判別がつかない。

「標準的コンピュータ将棋は、A級棋士に対して双方持ち時間六時間の将棋で、七割勝つことがこれまでのエキシビションマッチの結果判明しています。棋士が勝った三割も、コンピュータのバグや、入玉《にゆうぎよく》という将棋特有の特殊状況を用いたものしかありません。さて、名人とA級棋士達との間に明確な棋力差というのはあるでしょうか？　芥川現名人の対A級棋士勝率は六割四分です。コンピュータと名人はどちらが強いでしょう？」

今度は記者が手を挙げ、名前を名乗り質問をする。

「コンピュータはA級棋士に七割、名人は六割四分ということですが、確かにコンピュータが数字上上回っているとは言え、ほぼ互角の勝負だと私には思えてしまいます。桂木さんが言われたように『確定的』なんてことはないかと」

「僕が言ったのは『標準的』なコンピュータ将棋の数字なのですよ。僕らの娘、『ヘックス』の数字ではない」

「と、言いますと？」

桂木は厳《おごそ》かに告げる。

「ヘックスは、その標準的コンピュータ将棋に、九割勝ちます。九十パーセント。十回やって九回勝つ。そういうことです」

会場では、白衣の女が記者達にデータのレポートを配っていた。

トップ棋士に七割勝つソフトに九割勝つソフト……。それは文系出身が多く、人間の肩を持ちたい記者達にも、単純に理解できる数字だった。

——人間を超越した化け物が、既に育ってしまっている。

それは我々にとって、一体どういう意味を持つのだろうか？

「おそらく、最強コンピュータと名人の対局が最も盛り上がり得たのは、五年前だったでしょう。その頃ならば、手に汗握る白熱の攻防が繰り広げられたに違いありません。棋士達は自分達のプライドを守りたいがために、機を失したのです。その間に、ソフトは強くなり過ぎた……」

桂木は「ムーアの法則」を例にとって、コンピュータの加速度的進歩について説明した。人間の能力が足し算的に成長するのに比べ、コンピュータの性能は掛け算的に増大するという経験則のことである。将棋プログラムが、アマ初段レベルになるまではかなりの時間がかかったが、それ以後は異常な速さで強くなっていっており、今後も性能の向上は加速し続ける、ということだった。

桂木は言う。

「今期名人になる方には残酷な話ですが、誰が相手であろうと人間である限り、ヘックスに無惨な敗北を喫することは免れ得ないでしょう。かつて、将棋は神様のゲームでした。将棋のプロは天才集団だと思われていた。その中で神様に選ばれた者だけが名人になれると信じられていた。僕達はそんな彼らに敬意を抱《いだ》き、各新聞社は彼らに多額の賞金を支払ってきた。だが、今の彼らはいとも容易《たやす》く、コンピュータに負かされてしまう。棋士の神話は崩壊しているのです。既に神は死んでいる。後はみなさんがその目で確かめるだけということになるでしょう」

会場は一瞬静まりかえる。

——この男は、将棋や棋士に対する敬意を一片たりとも持っていないのではないか。と言うよりも、それを隠そうとさえしていないのではないか。

今まで公の場で発言してきたプログラマー達と比べ、はっきりと異質なのである。確かに、プログラマー達の中には自分が開発したソフトに負けた棋士を軽く見るような者もいた。しかし、そういう態度が言葉の端々から窺えるとしても、彼らは基本的に棋士を尊敬しているというポーズをとる。それが政治的に正しい態度だからだ。

桂木の態度は軽蔑《けいべつ》を通り越して、棋士を哀れんでいるように受け取れる。

「頂点の者がコンピュータに負けるような競技に、意味はないということですか？」

タイトル戦を主催する新聞社の記者が問う。

「決して意味がないとは言いません。機械やコンピュータが人間を超えていくという現象は、現代のあらゆる競技・業界で普遍的に観察されていることです。株式はプログラムで高速取引され、医療プログラムは医者より博学で正確になりつつある。人間が文明を築いてから、少しずつ拡張されてきた現象に過ぎません。僕が言いたいことはただ一つ――。棋士は以前より少しだけ、偉くなくなるということだけなのですよ」

桂木は、あくまで持論を曲げるつもりはないようだ。

別の記者が問う。

「桂木さんは先程、棋士の価値がなくなると言いましたが、人間にしか指せない個性的な手があって、ファンはそれを喜ぶのではないですか。コンピュータの計算ばかりの平板な将棋が面白いと思っているのですか」

桂木は鼻で笑う。

「あなたは将棋を知らないでしょう。知っていたとしても、コンピュータの棋譜を見たことがないに違いない。既にコンピュータは人間よりも個性的な手を指す。かつて大天才と呼ばれ、歴史に名を刻んだ名人達が苦心の末に閃《ひらめ》いた手を、数秒で見つけてしまう。臆病《おくびょう》な棋士達が踏み込めない危険でスリリングな筋にも、ソフトは躊躇《ためら》いなく飛び込んでいく。平凡な人間達が思いつきもしなかったような新手が次から次へと飛び出す。創造性、芸術性の面においても彼らは棋士を駆逐しつつあるのです」

次々と会場から手が挙がり、質問が続けられたが、桂木は何の迷いもなく滔々《とうとう》と答えていった。

そして、交わされる議論も尽きた頃、桂木はこんな言葉で会見を締めくくった。

「次に名人になる方、将棋のグランドフィナーレに相応しい将棋を指しましょう。この舞台に上がることは、決して恥ずかしいことではないのですから」

4

桂木の記者会見は、決して人々をいい気持ちにはさせなかった。どれだけ論理的にコンピュータの優位性を説明されても、それでも名人ならば何とかしてくれる——という希望を捨て切れなかったのである。

芥川ジュニアと鍵谷、どちらがコンピュータを倒し得るのか？

当然、現第一人者のジュニアであろう。現代将棋の完成形とも呼ばれるこの男は、父・芥川慶一郎が体系づけた現代将棋の正統後継者であり、慶一郎の将棋に僅かに残っていた古《いにしえ》の情緒を取り払ったような冷徹さを持っている。コンピュータよりも、コンピュータらしい——という人間離れした評価が彼の将棋を物語っていた。

しかし、名人戦の決着は三勝三敗で最終局に持ち越され、鍵谷英史が名人になる可能性も僅かに出てきている。

第一人者の威信、父の仇討《あだうち》、無礼者への制裁、コンピュータとの対局権……、ジュニアに懸けられた期待はあまりにも大きかった。そのプレッシャーがミスを生み、鍵谷なんぞにタイに持ち込まれてしまったと評された。

鍵谷負けろ、鍵谷負けろ、鍵谷負けろ——というのが、将棋界の一致した空気だった。鍵谷がうっかり名人になり、ソフトと対局することになっても、それは最強対最強の将棋にはならないだろう、ということである。

「名人はソフトに負けるのが怖いのですか？」

そう直截的《ちょくせつてき》に問うメディア関係者もいた。将棋名人四百年の歴史上で初めてコンピュータに負ける者になる不名誉を、敢えて失冠することによって避けようとしているのではないか？　ということである。

もちろん、ジュニアにそんな気持ちは微塵《みじん》もない。コンピュータ将棋の強さはジュニアもよく知っており、自宅での研究対局でプログラムに負けたことは一度や二度ではなかった。ついにこの時が来たか、ということで随分前から想定していた事態ではあったのだ。そして、その時には「持てる者の義務」を果たす覚悟だった。

ジュニアが偉大過ぎる父親と同じ道を進むことを決めたのは、小学六年生の時だ。父親の名前があるから、この世界で生きていくのはそう難しいことではなかった。周りの態度や、用意されている環境も凡百とは違う。父親を超えようという志さえ持たなければ、安易な選択だったと言えよう。だが、ジュニアにとって父は最大に尊敬すべき存在でありながら、倒さねばならない相手でもあった。自分の人生の全てが父親によって与えられているという、不全感を抱いていたのだ。それを払拭《ふっしょく》するには、同じ道で父を倒す必要がある――。実力もないのに、父親の名前だけで優遇されやがって……という奨励会員や若手棋士達の見方を、正純は激しい修業の末に変えていく。そして、若い世代をまとめ上げ、父親を筆頭とする「芥川世代」と呼ばれた最強世代の棋士達に対抗した。この十年の将棋界は、芥川父子の直接対決だけではなく、世代間戦争だったとも言えよう。

挑戦者の鍵谷英史は「過去の人」である。十年程前に実力に見合わぬ活躍を見せ、結局化けの皮を剝《は》がされ、下に落ちて行った凡人の一人に過ぎない。既に彼は将棋界の主潮流から外れた人間だった。これまでの対局でも、ジュニアが五勝一敗と、大きく勝ち越している。

だからこそ、ジュニアにとって鍵谷と五分の三勝三敗で最終局を迎えるというのは、歯痒《はがゆ》い結果だった。鍵谷は以前と比べ熱心に将棋に取り組んではいるようだが、強くなっているとは感じられない。自分が負けた将棋は敗因がわからないし、鍵谷の一手一手にはどこか違和感がある。

何はともあれ、ジュニアにとって最終局は負けられない将棋であった。

一方、鍵谷は自分に向けられた世間の逆風をものともしていなかった。上座事件の影響もあり、桂木と共に完全にヒール扱いであったが、そういう俗世の事柄に関心が持てないのである。

　また、ジュニアは敗北を覚悟して最強コンピュータの前に立つことを考えていたのだが、鍵谷は勝つことを模索していた。コンピュータの実情を詳しく知りながらも、自分が勝てるかもしれないと考えている棋士は、この時点で彼一人だったと思われる。

　七海がセッティングをし、パソコン上でコンピュータと対局させてみても、鍵谷は勝ち越すことができなかった。根拠無き自信、自分が見えていない大馬鹿者――。確かにその通りではあるのだが、鍵谷には僅かながらに勝算があったのだ。

　白川粋と護池サラという二人の天才と一緒に模索した、現代将棋の外側を流れる全く別系統の将棋の存在である。

　今や七海にも鍵谷の没頭を止める方法はなかった。ヘックスとの戦いの前に、彼らの思想を使える形にし、最高の状態で公開できなければ今まで生きてきた意味がない。名人戦を戦いながら、鍵谷はたった一人で研究に没入し続けた。

　もう一度、世界の向こう側を垣間《かいま》見るために――。

　名人戦さえも、鍵谷にとっては対ヘックスに向けての練習将棋という位置付けになってしまっていた。

　ジュニアの将棋は、最強コンピュータ達の棋風《きふう》に似ている。現代において強さを突き詰めるということは、極限までコンピュータと類似していくことを意味しているからなのだろう。おそらくヘックスより、幾分弱いというのが鍵谷の見立てであった。新研究など使わず、地力で名人を捻《ね》じ伏せるというのが、鍵谷が自分に課した条件だ。それができなければ、ヘックスとの厳しい中終盤を駆け抜けることはできまい。

六局戦い三勝三敗。拮抗《きっこう》した人間同士最高峰の勝負将棋。

後はどちらの想いが強いかだけである。

名人戦最終局、二日目の佳境、双方残り二時間を切る中盤の激戦の最中、現名人・芥川正純は対局相手の鍵谷に話し掛けていた。牧歌的な昭和時代ならともかく、現代において対局中に対局相手と会話をするのは異例の出来事である。

ジュニアは扇子を目いっぱいに広げ、鍵谷の前に突き出して問う。

「あなたに将棋名人四百年を代表する覚悟と資格はあるか？」

彼は決して、自分に譲れ、という意味で言ったのではないだろう。彼が自然と身に付けた帝王学の世界に、そのような卑屈な精神は存在しない。ただ、一度沈んだ鍵谷という人間が、節目となる名人戦の大舞台に登場してしまったことを、純粋に不思議に思ったに違いない。「名人問答」を申し込んだわけである。

指す将棋は最先端のそれでありながら、思考・発言・立ち居振る舞いはどこまでも古風なジュニアであった。

「覚悟……ね。俺は名人位には取り立てて意味がないと考える。人間の代表も、将棋界の歴史も知ったことではないな」

「ならば、なぜ戦う」

挑発されたと思ったのか、ジュニアは少々語気を荒らげた。

鍵谷は盤上に目を向けたまま言う。

「個人的理由だ。俺はヘックスを倒す」

「倒す、だと？」

人間はもう最強ソフトには勝てない——。最新情報に精通しているジュニアはそのことに深い理解を持っていた。だから、目の前の男の虚栄が腹立たしかった。

「あんたは勝つつもりがないのか？」

しかし、問い返されて、答える言葉をジュニアは持たない。

鍵谷は盤上に桂馬《けいま》を打ち付け、言葉を続けた。

「資格のほうは——、今日、ここで奪い取る！」

終盤は泥仕合となった。残り少ない持ち時間で、正確な手を選び続けなければならないというのは、人間にとって至難の業《わざ》である。疲労から錯覚が出ることもあろう。コンピュータでは考えられない悪手《あくしゅ》も指すだろう。

鍵谷は二度勝ちを逃し、ジュニアは三度逃した。

——桂ではなく香《きょう》なら勝っていた。

——攻めではなく受けなら勝っていた。

——歩《ふ》を打つ筋が一路《いちろ》違っていれば明快だった。

将棋というゲームは勝敗のほとんどが、棋力の差で決まる。現代将棋ではそれが特に顕著で、より優れた大局観を持ち、より深く読み、より新しい情報に精通している者が勝つ。しかし、そういった現代性が効かなくなる局面が稀にあり、鍵谷とジュニアが突き進んでいるのは、将棋のそういった領域だった。

指運《ゆびうん》、気力、根気、人間力……。将棋界では既に死語になりつつある言葉が乱舞する世界。このような展開でさえ、常に勝つ者が名人だったのであり、将棋の神に愛されている所以《ゆえん》だとされてきた。

双方、九時間ずつの持ち時間を使い切った秒読み将棋の中、名人が呟く。

「また、打ち歩……か」

現行の将棋には、無くてもゲーム性に影響が出ないであろう些細《ささい》なルールが存在する。それは、ジュニアが先程呟いた「打ち歩詰」のことだ。駒台の歩を打って、その手で直接相手の玉を殺してはならない——という禁じ手である。このルールが勝敗に関わるのは二、三百局に一局程度のことだ。

それが本局においては再三変化として出現し、ジュニアの勝ちを阻むのである。こんな奇妙なルールさえ存在していなければ、何度となくジュニアが勝っている。

何か目に見えない大きな力が働き、ジュニアが名人で居続けることを許していない。

——何故《なぜ》だ。何故なんだ？　こういう局面で将棋の神はいつも私に味方してくれたのに。

ジュニアの人生は勝利の連続だった。それでもライバル達との勝負は常にギリギリであり、その微差の中、いつも不思議と女神が微笑《ほほえ》んでくれた。

だのに今、格下で名人の器にない人間に、女神は接吻《せっぷん》を与えようとしている。

ふと、対局相手の姿を見る。目の前に座っているのは、血に飢えた獣だった。鍵谷は食い入るように盤面を睨んでおり、ジュニアの存在など目に入っていないようだ。

——そうか。私は父を倒した時に、欲しいものを手に入れてしまっていたのだな。

だから、強敵を甘く見た。侮った。慢心した。

この男は、名人のさらに上を目指している。

「『運命は勇者に微笑む』か——」

ジュニアは天を仰いで呟くと、そのまま駒を投じた。

新名人は鍵谷英史！

名人戦終了後、芥川父子が鍵谷擁護に転じたとは言え、「空気を読まず、一番大事な時に名人になりやがって」といういわれなき非難を鍵谷は受け続けた。芥川父子も芥川父子で、「ソフトに負けた歴史上最初の名人」という不名誉を引き受けたくないから手を抜いたのでは、という批判に曝《さら》され始めていた。

連盟が最強の棋士を出し惜しみして、対コンピュータ戦の盛り上がりをあと数年間延ばそうとしているのではないか、という陰謀論も一部で唱えられた。

三人が指した将棋の凄《すご》みは、素人《しろうと》でも即座にコンピュータ解析ができるようになった現代では、伝わりにくくなっている。コンピュータがリアルタイムで素早く正しい手を示すので、観戦は「答え合わせ」の様相を呈してしまう。ある意味、既に神は死んでいるのだ。

5

開発者側と連盟側の最後の協議が行われ、鍵谷・ヘックス戦の条件が発表されたのは、本番の一ヶ月前のことだった。

『七番勝負で四番先取したほうが勝者となり、賞金と栄光を受け取る。一局は三日に分けて行い、持ち時間は名人に三十時間、ヘックスに十時間が与えられる。互先《たがいせん》で第七局までもつれ込んだ時に限り、振《ふ》り駒《ごま》が行われる。持将棋《じしょうぎ》は二十四点法を用いる』
持ち時間にハンデがあるように思えるが、コンピュータ側はハード性能の条件が重要であり、時間はそれほど必要ではないのだ。興行としては一日で終わるほうがいい。しかし、人間が本気で勝ちに行くならば三十時間という持ち時間は譲れないラインであろう。事前の交渉には芥川慶一郎も一枚嚙んでおり、彼は自分が名人に返り咲いてソフトと戦う場合のことを考え、この条件を織り込んでいたのだった。鍵谷以外にもう一人だけ、本気でソフトに勝とうとした人間がいたということである。
鍵谷は残り一ヶ月を七海のマンションの一室で、心静かに過ごした。
死刑執行を待つ四人の心持ちか、あるいは……。

第一局は、老舗《しにせ》旅館を舞台にヘックスの先手番《せんてばん》で始まった。コンピュータ側のことを考えれば大学の研究棟がいいのだろうが、人間側としては落ち着いて生活できる場所がいい。結局は大正時代から縁《ゆかり》の深いタイトル戦常連の旅館に決定したのだ。対局一週間前からトラックが横付けし、次々と機材が運び込まれていく光景は圧巻だった。桂木に指揮された研究者達は、機材を接続し、動作を確認する作業に追われていた。
ネット中継は二十四時間態勢で行われている。だが、流石《さすが》に三日間、七十二時間ぶっ続けで解説することは不可能なので、視聴者はリアリティショウを見るような感覚で、鍵谷とヘックスの戦いを見守るのだ。

名人とソフトの対決の一局目ということで、世間の関心も高まっていた。名人が初めてコンピュータに負ける瞬間が見たい。実は名人は案外ソフトといい勝負をするのではないか。それなら全ての対局を見たいものだ。棋界最強の芥川父子が出ないことは残念だが、一度は見ておいてやるか——という人々の注目を集めていた。

一日目、朝十時の対局開始五分前に十五畳ある和室に入ってきた鍵谷は、あらかじめ決められている座席に腰を下ろした。現名人で、コンピュータ相手ということもあって、当然、鍵谷が上座である。上座の背後には床《とこ》の間《ま》があり、見事な生け花と日本刀、掛け軸が飾られていた。江戸時代、対局中に助言をした者は首を刎《は》ねられ、その首を将棋盤の裏にある「血溜《ちだ》まり」と呼ばれるくぼみに置かれたという逸話がある、とネット中継の解説者が語った。

そして、「でも、コンピュータには刎ねる首が無いんですよねぇ」と続けたのだった。

掛け軸には、「愈《いよいよ》 究而《きわめて》 愈《いよいよ》 遠《とおし》」と達筆で揮毫《きごう》されている。学問や将棋の世界の真実を言い当てた言葉であろう。

鍵谷の前に座っているのは、人間ではなくロボットだった。ヘックスという頭脳が決定した手を受信し、アームを使って器用に盤上に配置することができる。名前は「ＳＡ《サ》ＳＩ《シ》ＭＯ《モ》」と言い、日本のロボット工学の粋《すい》を集めて作られたものだ。この興行には、知能、工学の両面から日本の科学技術の力を知らしめようとする意図があるのだろう。少なくとも、持ち時間三十時間の対局において、人間の代指しを置くのは少々酷というものだ。

先手番がヘックス、後手番《ごてばん》は鍵谷とあらかじめ決められている。第二局は鍵谷が先手番を握り、以降交互に手番を交替し、最終第七局までもつれ込んだ場合、振り駒によって先後を決めることになっていた。現代将棋においては、先手番が主導権を握りやすく、後手番に比べ僅かに勝率が高いからだ。もちろん、それは人間同士の話であって、コンピュータ戦においても同じことが言えるかはわかっていない。

一日目、鍵谷が十時間、ヘックスが一時間を使って進んだのは僅かに十七手だった。互いの駒がぶつからないどころか、玉の囲いさえ完成させていない。鍵谷にとっては、これから長く滞在するであろう舞台に馴染《なじ》むことのほうが先決で、しきりに席を外したり、座布団の位置を整えたり、対局室を歩き回ったりと、将棋に集中している様子ではない。

関係者のために用意された控室は、なごやかな雰囲気に包まれていた。一日目で勝敗の帰趨《きすう》を決するような段階には、絶対に進まないと考えられていたからだ。仕事のために来ている年配の棋士が多く、積極的な検討は行われていない。本番は二日目以降ということなのだろう。

珍しいのは、芥川慶一郎とジュニアが朝から来ていることだ。

七海はこうした対局の控室で、二人が揃い踏みしている光景を初めて見た。いつもは、どちらかが対局者として出ているか、別の仕事が入っているためである。弛緩《しかん》した部屋の中で、父子が継ぎ盤を挟む一角だけ、異常に張りつめた空気が流れていた。

他の棋士や記者達はそれを遠巻きに眺めながら、

「あれが芥川一家の家族団らんなんですよ」「微笑ましいというよりは、恐ろしい」「しばらく、そっとしておこう」

などと囁き合っていた。

そんな中、七海は臆せず踏み込み、盤横に座る。そして二人に問うた。

「どちらがいいですか？」

二人は同時に七海のほうを向き、無言のまま鋭い眼光で睨み付ける。それを見て、関係者達は「あちゃー」という顔をした。将棋界で一番敵にまわしてはいけない二人の邪魔をしたのだ。新人棋士風情《ふぜい》が差し出がましいと、関係者達は思ったに違いない。

しかし、七海はもう一度問う。

「先生方はどちらを持ちたいですか？」

芥川父子はお互いを睨み合い、ほぼ同時に答えた。

芥川は鍵谷の「後手」と言い、ジュニアはヘックスの「先手」と告げる。そして、顔を背け合った。そして、それぞれ判断の理由を、これまた同時に七海に向かって理路整然と語り始めたのである。二人の声が打ち消し合って、うまく聞き取れなかったが、二人ともこの対局には思うところがあるのだろう。

二日目で一気に六十五手目まで進む。鍵谷側は芥川体系の矢倉後手番定跡《やぐらごてばんじょうせき》を忠実になぞり、ヘックスの猛攻を受け切ろうという作戦だった。

後手番矢倉は、流れの中で「入玉《にゅうぎょく》」という特殊状況が発生しやすく、対コンピュータ戦では王道作戦の一つだった。入玉というのは、敵陣地内に自玉が入ってしまうことを言う。入玉状態になると、玉を捕える難易度が格段に上がるため、双方が入玉すると「相手の玉を詰める」という方法では勝負がつかなくなることが多い。この場合、現代将棋では駒数の多いほうを勝ちとし、拮抗していれば「持将棋」指し直しとなる。

この相入玉《あいにゅうぎょく》状況では、ゲームの目的が「相手玉を詰める」から「より多くの駒を取って点数を稼ぐ」に替わってしまう。この切り替えをプログラムすることは技術的に難しく、対コンピュータ戦で勝利を収めた棋士のうちの半分がこの入玉状況で勝利していた。

「そうだ。それでいい」

控室で芥川が、モニターに映る鍵谷の手を見て頷《うなず》いている。どうも芥川は、鍵谷に肩入れして対局を見ているようだ。一方のジュニアは渋く不機嫌な表情を浮かべている。

これはヘックス有利という彼の予想が外れたからではなく、鍵谷の作戦に勝ちにくさを感じているためらしい。

「入玉は狙《ねら》うものじゃない。流れで仕方なくなるものなんだ」

結局、二人とも見方はともあれ、鍵谷を応援しているのである。父が盤上に甘くロマンを求め、息子がシビアな現状認識をしているところが対照的だった。

ヘックスは鍵谷の入玉の目論《もくろ》みを許さない。猛攻を加えながらも、巧妙に鍵谷玉の上部脱出を防いでいた。そして、二日目終了時点でヘックスが少し優勢という数字が出てしまう。この数字は様々な将棋プログラムの評価関数の平均値によって示される。数多くのソフトが集まれば、その客観的信頼性が高まると考えられていた。統計学で言う「大数《たいすう》の法則」に似た現象が発生するのだ。

そして、その判断は芥川父子の大局観よりも信用されているという現実があった。

中盤終わり、微差でヘックスの優勢ということは、事実上将棋が終わっているということになる。一度ついてしまった差は、ソフト相手では、絶対に埋めることはできない。最強クラスのコンピュータは決定的な悪手を指さないからだ。人間と違い、ケアレスミスを犯すこともない。ＳＡＳＩＭＯのアームも心なしか、自信有りげに駒を摑《つか》んでいるように見えてしまう。

一方、鍵谷の表情は絶望に染まらず淡々とした様子だったので、人間にしか読めない逆転の秘手《ひしゅ》があるのではないか、と期待するファンもいた。

しかし、三日目になっても鍵谷にとって厳しい時間が続くことになる。

勝負が決まる日ということで、多くの棋士や関係者が控室に詰めかけ、奇妙な熱気がほとばしっていた。こうすれば、まだ長引く。ここで敢えて攻めでも受けでもない曖昧《あいまい》な手渡しをすると、コンピュータにバグが起こるのではないか。美しくないから投げるべきだ——。

それらの議論はあまり建設的なものとは言えなかった。

芥川父子にはもう勝敗の帰趨が見えているのだろう。厳しい表情で継ぎ盤を眺め、記者達からの質問にもただ首を振るだけだった。

そして、ついにその時がやってくる。

「負けました」

鍵谷は、はっきりとした声で言うと、駒台に手を置き、頭を下げた。その顔に表情はない。鍵谷よりも、控室の芥川達のほうが悔しそうにしていたのが印象的だった。

百十一手にてヘックスの勝ち。鍵谷は七時間ほど持ち時間を余して負けた。

まだ日の高い、昼過ぎの出来事であった。

史上初めて、公の場で名人がコンピュータに敗北した。

駒がぶつかって以降、チャンスらしいチャンスはないという完敗である。鍵谷の敗因は人間達の手によっては解明できず、対局相手のヘックスによる指摘を待たねばならなかった。仕掛けの一手前、鍵谷の何気ない銀引きが敗着《はいちゃく》だとヘックスは示す。人間同士の対局では「棋風」や「好み」で選択してよいというレベルの手に、悪手の烙印《らくいん》を押したのだ。

——コンピュータは本当にどうしようもないぐらいに強くなってしまった。こんなの人間が勝てるはずがないじゃないか。

将棋ファンは現実を突き付けられ、絶望した。とりわけ、棋士のファンであり、棋士を天才と褒め称《たた》え、人間が指す将棋こそが最高だと考えていた人達は、この話題を口にしなくなった。耳に入れるのも、目にするのも不快だったのである。もちろん、「芥川父子のどちらかが名人として出場していれば……」という思いに縋《すが》った者もいたが、体《てい》のいい現実逃避と言えた。

ネット上では、鍵谷が頭を下げ、投了を告げた瞬間、鍵谷や棋士を罵倒《ばとう》する書き込みが溢《あふ》れた。——コンピュータに負けるプロなんていらない。もう、将棋は見ません。指しません。棋士には生きている価値がない。哀れ。ざまあみろ……。悪感情の増幅装置は、それ以上の暴言を無限に増殖させ続けた。

カメラのフラッシュが焚かれ続ける中、開発リーダーの桂木が笑いを噛み殺しながらインタビューに答えている。鍵谷はそれを恨めしげに見ることもせず、ただ盤面を見つめ、何かを探し出そうとしているようだった。

第一局の敗北後、鍵谷は連盟の理事会に呼び出され、東京のホテルの一室で喚問を受けた。

全盛期が終わり、棋界政治へとその活動の中心を移した中年・老年の棋士達六人が、鍵谷を取り囲んで口々に責めるのである。

「何故、負けたのか」「やる気はあるのか」「将棋の歴史と名人の権威をないがしろにするつもりか――」「将棋界を壊したいのか」

という半ば言いがかりのような詰問だった。名人の対ソフト戦の興行は、将棋界の今後を占い、連盟の経営戦略にとっても大きな意味を持つものであるらしい。理事達は第一局の絶望的悪評に怖気《おじけ》づいてしまっているのだ。

番勝負中に、対局者の精神に負担をかけてしまうことなど、想像してもいない。これが芥川父子や石黒であれば、配慮もあったであろう。

彼らはずっと前から、鍵谷の才能を買っていなかったのである。鍵谷を見くびり、雑誌評論や控室などで鍵谷の将棋をこき下ろしてきた人々でもあった。

人は往々にして、最初の印象で全てを決めてしまう。特に将棋界はそうで、老人はそうだ。自分が見込んだ者が少しでも活躍すると絶賛し、そうでない者が活躍すると偶然だろうと冷笑する。名人戦前後から、理事会には、鍵谷への鬱憤《うっぷん》が溜まり続けていたのである。

「君が名人なんぞになるから」「やはり芥川先生に出て貰《もら》うべきだったんだ」「負けても華《はな》がある人がよかった」「新聞社は来期も契約を結んでくれるだろうか」「カ、カンニングするか？」

その全てが鍵谷にとってどうでもいい話だった。理事達の保身や政治や才能論に関心はない。

「俺は充分リスクをとっている。あんたらは辞表の書き方でも練習しているといい」

理事を辞めることで責任を取れるなら、何て気楽なものだろうか。彼らはただ、棋界という村社会での評判や、自分が一度信じたものや、歪《いびつ》なプライドを壊されるのが怖いだけだ。

それはそれで、彼らにとって大切な人生における価値観なのだろう。彼らも現役時代は輝きがあったに違いない。老いるということは、つまりはそういうことなのだ。

「俺に勝てない奴《やつ》に言葉を吐く資格はない」

鍵谷はそう言い捨て、新幹線で七海の待つ大阪のマンションへと帰って行った。

一局目、鍵谷はそもそも本気で勝つつもりはなかった。ヘックスの強さを、従来の将棋で測るというのが目的だったのである。最初の八手に十時間かけたのも、オープニングで何かヘックスに奇妙な癖がないかを見抜くためだった。

コンピュータ将棋に対する人間側の対策としては、入玉作戦、中盤での水平線効果狙い、奇手《きしゅ》による攪乱《かくらん》——などがあるが、高度に発達した最強ソフト・ヘックスには通用しないこともわかった。

ヘックス戦の数日前、芥川とジュニアは、それぞれ別個に鍵谷の元を訪れ、名人経験者故のヘックス対策についてアドバイスをしに来た。二人の発言の共通点は一つ。

「序盤で差を付けろ。戦いが始まって互角だと、九割七分負ける」

最早、人間に残された聖域は序盤の二十手、三十手ほどしかないということだ。第一局でヘックスの強さは確かめた。人間のレベルで勝てる相手ではない。

狙うは、先行逃げ切り勝ち——。それは生身で走って逃げる鍵谷の後ろから、機械仕掛けの化け物が追いかけてくる地獄の鬼ごっこだ。

全ての準備は整った。

「粋、サラ。行くぞ——」

鍵谷は何もない空間にそう呟いて、マンションを出る。

やがて来る破滅の匂いを、僅かに嗅《か》ぎとっていたのかもしれない。七海はその後ろ姿を、寂しげに見つめた。

6

第二局一日目、序盤の僅か十手において、既に日本将棋七百年の歴史で前例のない形が姿を現していた。鍵谷はほぼノータイムで着手を続け、ヘックスが長考を繰り返すという、第一局とは逆の持ち時間消費が行われている。

七海が旅館の控室で観戦していると、検討している棋士達がしきりに頭を捻《ひね》っていた。

「これが鍵谷の準備していた作戦なのか？　対コンピュータ専用？　それとも、人間同士の対局でも有効なのか？　有効ならば、何故今まで使わなかった？」

この世界でその答えを知っているのは、鍵谷と七海だけだろう。鍵谷は今までサラに義理立てして、二人で作り上げた世界を公式戦の場で使わなかっただけなのである。全く、変なところで依怙地《いこじ》で、自分の信念を押し通してしまう男なのだ。

芥川父子は鍵谷の新構想を目の前にして、複雑な心境を隠しきれない。

芥川は鍵谷の構想の全貌《ぜんぼう》が明らかになると、憤怒《ふんぬ》の表情で控室から出て行った。残ったジュニアは、天井に向かって何かをぼやき続けていた。

「私にはコレを使うまでもなかったということかっ」

そして、父が出て行った半時間後に控室を後にする。

旅館の周辺では、芥川父子が独り言を呟きながら、延々と同じところを散歩し続けている光景が見られたそうだ。結局、二人は鍵谷の次の一手が気になって仕方なかったようで、三時間ほどすると控室に戻ってきたのだった。

帰ってきた二人は憑《つ》き物が落ちたように、嬉々《きき》として継ぎ盤を挟んでいた。それは新しい玩具《おもちゃ》を見つけた幼児のようなはしゃぎようで、七海はついてきていた夏緒が「あの人達、へん」と、二人を指差すのを窘《たしな》めなければならなかった。

第二局は二日目で終わる。

序盤から勝負所を作らせず、三十時間のうち十二時間しか使わずの快勝であった。

続く第三局、第四局も、鍵谷は序盤からヘックスに一度もリードを奪われることなく勝利した。

人間側の意外な進撃に、ほうぼうから驚嘆の声が上がった。第一局でコンピュータの圧倒的強さを見せつけられ、その理由をこんこんと説明され、人間が勝つ可能性など毛筋ほどもないと信じさせられていたのである。微差での勝利や、相手のバグをついての勝利ならともかく、真正面からぶつかっての圧勝劇は信じがたい。

――ヘックス側が今回の七番勝負を盛り上げるためにわざと負けているのではないか？　あの桂木という男ならそれぐらいのことはやりそうだ。

という穿った見方もあったが、第一局に投入して以降、プログラムをいじることは許されていないので、物理的に不可能な話であった。

何故、鍵谷は圧倒的力量を持つヘックスに勝ち続けることができたのか？

それは、鍵谷が「未来の将棋」を指したからだ。

白川粋、護池サラ、鍵谷英史が作り上げた新しい序盤体系は、将棋戦術を十年以上先取りしたものだった。そして、その情報は今現在、ヘックスと対局するまで秘せられていたのである。コンピュータというのは、過去の知の集合体だ。その上で、過去の知と圧倒的計算量で新手を生み出しもする。彼らに本質的に勝つためには、遠く未来の閃きと体系化が合わさった将棋をぶつけなければならない。

それができるのは、将棋の巫女《みこ》達の祝福を受けた鍵谷英史だけである。

――もし将棋の神様がこの世界にいるとするならば、今日、この日のために、二人を鍵谷の元に遣わせたに違いない。

七海は素朴にそう思った。

――私と鍵谷との出会いにも、何か意味があった。そう信じたい。

控室でモニターを見つめながら、七海は一緒に戦っていたのである。

「未来の将棋」で優勢になったからと言っても、即勝ちになるわけではない。

序盤でリードを奪った後は、人間にとって神経戦になる。一手緩んでしまい、互角に戻されると即負けなのだ。フィギュアスケートなどの採点競技で、ノーミスで終えるのがいかに難しいか、という種類の困難だった。追いつかれ、触れられると、即死んでしまう鬼ごっことも言えるだろう。優勢という細い糸をつま先立ちで歩き続ける綱渡り。一度の警告で射殺される死のロングウォーク。

二局目の快勝以後、三局目、四局目と鍵谷の使用時間は増えていった。四局目は三十時間の持ち時間がありながら、最後の最後は秒読みに追い込まれ、その中で決め手を発見し何とか勝ったのである。七海は控室で祈るしかない。控室の棋士達総出で読んでも、勝ち筋が見つからなかった時は眩暈《めまい》がした。見ている者全員が、鍵谷に感情移入をし、ヘックスと戦っていたのである。

棋譜解析だけを見れば鍵谷の圧勝なのだが、心理的に見れば追い詰められていたのは常に鍵谷のほうだったと言える。なぜなら、ソフトには悩む心がないのだから。科学者は長年の夢として、人間のような心を持った人工知能を追い求めているが、こと勝負事に至っては、そんなものは持たないほうがよいのである。

五局目は、それまでと同じく一日目で先行し、二日目もリードを保った。だが、三日目、鍵谷は「金打ち」と「銀打ち」の些細な二択を外した。双方の持ち時間合計四十時間のうち、三十九時間五十九分にわたり、局面を支配し続け、ヘックスを圧倒しながら、最後の一分で差されたのだ。積み重ね、積み重ね、積み重ねた果てに、最後の一瞬で全てを崩される。

「俺の人生みたいだ」

と控室で誰かがぼやく。心当たりのある者は、無言で頷いていた。

孤独なマラソンだった。三日間、三十時間を、徹底的に頭脳を絞り続ける鍵谷は対局が終わるたびに頬がこけ、体重が五キロずつ落ちていった。本気の将棋はそれだけ体中のあらゆるものを削《そ》いでいくのである。極度の集中状態で、なかなか食事が喉《のど》を通らないが、それでも糖分を補給しなければ脳が働かない。

鍵谷は、一日目、二日目はまだ普通に食事をとっていたが、三日目になると、持参したミキサーの中にデザートのケーキとフルーツ、それにミルクを入れ、液状にして一気に口に流し込むのだった。

六局目に勝ち、四勝二敗で鍵谷英史の勝利――。

五局目で途切れかけた流れを、鍵谷は何とか押しとどめる。決め手を放つ鍵谷の手は、全盛期の芥川のように震えていた。

プロ棋士は面目を保ち、コンピュータ将棋開発者達は悔し涙を呑《の》んだ。世間は初めて鍵谷に対し、好意的な報道を行った。

『人間の情念の勝利』

各紙が文化欄、社会欄で大きく見出しを打って取り上げたのである。

そこには、鍵谷だけではなく、天才女流棋士・護池サラと夭逝《ようせい》の天才少年・白川粋の功績についても書かれていた。

『秘密研究が生んだ完勝劇』『人の絆が機械に勝った』

『名人を支えた二人の天才との約束』

歴史の傍流に埋もれつつあった二人の天才の仕事は、将棋史に欠かせない中心の幹として復活を果たしたのだ。

有り余る才能を持ちながら、病魔に蝕《むしば》まれ、表舞台に立つことなく夭逝した白川粋。芥川慶一郎との将棋を指しかけのまま果てた彼の運命に、かつて茶の間は涙した。彼らは粋を、何も達成することなく死んでいった可哀想な子どもだと思っていた。しかし、それは全くの間違いで、粋は普通の人間が一生かかっても成し遂げられない量の仕事を遺していたのである。

護池サラは輝く才能と、話題性の高い出自、外見で女流の一時代を築いた棋士だった。しかし、その全盛期は短く、才能に溺《おぼ》れ、将棋を投げ出して失踪《しっそう》するというスキャンダラスな終わり方をした棋士でもあった。今では、七海を持ち上げる材料として使われ、「人生という長いスパンで見ると、努力は才能を超えるのだ」と評されるようになっていた。そんな彼女が、今回の鍵谷名人が示した将棋体系の共同開発者であったという事実は、彼女の評価を一から捉《とら》え直さなければいけないということを意味していた。

将棋界はお祭り状態だった。コンピュータ将棋関係での近年の連敗に倦《う》み疲れていた棋士達は、嬉々としてほうぼうのインタビューに答えたのである。その表情は笑顔であった。

世間の祝福ムードの中、鍵谷は病院にいた。持ち時間三十時間の極限対局を、短い期間に六局行った結果、過労で倒れていたのである。七海は、点滴を打ちながら虚空を見つめ続ける彼の傍《かたわ》らに、ついていてやることしかできない。

「あなたはやり遂げた。すごいことなんだよ？」

精一杯の言葉を贈るが、鍵谷はあまり嬉しそうにしないのだった。

鍵谷は白川粋の遺志を継ぎ、護池サラへの想いを載せて、ヘックスとの対局に臨んだ。鍵谷の中に二人の将棋は生きており、二人の天才の存在を世に知らしめることができたはずだった。完全に芥川体系の外側へ行き、ヘックス戦をもって現代将棋戦術を更新するという偉業を成し遂げたのだ。人間の威厳を守り、人間が将棋を指すことの意味を示すことができたのではなかったか。

なのに、何故まだ物欲しそうに虚空を見上げているのか、七海には不思議でならなかった。

番勝負の終了後、すぐにヘックス側の会見が行われ、桂木が壇上で話していたことを思い出す。

「鍵谷名人の指し回しは素晴らしかった！　今回は僕らの娘・ヘックスの完敗です。人間の真の力、底力、頭脳の極限を見せていただきました」

と絶賛で始めながら、後半に行くにしたがい言い訳を織り交ぜていく。

「名人は今まで公表されたことのない秘密研究を用意されていました。いくらほぼ全ての面で人間を凌駕《りょうが》してしまった僕の娘でも、これには対応できなかった。数学の天才に、いきなり物理の難問を解けというようなものです。しかし、元は優秀なんだ。慣れれば物理の問題でもすらすらと答えをはじき出すようになるでしょう」

桂木が言いたいことは、鍵谷は研究や知識で勝っただけで、将棋の本質的な能力でソフトを圧倒したわけではないということだった。

七海も桂木の主張は一応は理解できる。しかし、現代将棋というのは突き詰めればそういう勝負なのである。どれだけ事前に準備し、戦略を立てているかが勝敗を分ける。本当の強さなんてものを定義し出すときりがない。勝った者が強い。それでいいのではないか。

人間とコンピュータの力というのは、単純に比べられるものなのだろうか？　考えれば考えるほどに、そんな根本的な問題に突き当たらざるを得ない七海であった。

それから一週間後、連盟の理事達が雁首《がんくび》揃《そろ》えて鍵谷の病室を訪ねて来た。

第一局目で鍵谷が無惨に敗北した時と違い、平身低頭で果物、菓子折りを携えての登場である。鍵谷がヘックスに勝ったことによって企画が成功し、責任を問われずに済んだのだ。それどころか、彼らは棋界の功労者となり、我が物顔でテレビ・新聞のインタビューに答えていたのである。

彼らは鍵谷のベッドを取り囲む。そして、

「立派だった」「三局目の五十八手目に感動した」「名人は救世主だ」「前からあなたの才能に目を付けていた」「強い。ただもう強い」

などと、ごにょごにょとお追従《ついしょう》を並べた。横で聞いていた七海まで恥ずかしくなってしまう程の厚顔無恥ぶりだった。

一体この人達は何を言いたいのだろうか？

七海が訝《いぶか》っていると、ベッドの上の鍵谷が口を開いた。

「俺に何をさせたい？」

子ツバメのように囀《さえず》り続けていた理事達のおしゃべりが止《や》む。

代表理事の九段が一歩前に進み、頭を下げて言う。

「来年も同じ条件で名人対コンピュータのイベントを行います」

七海は思わず声を上げそうになった。

——あれで終わりじゃなかったの？

鍵谷は彼の言葉を予想していたらしく、冷静に問う。

「なるほど、随分儲《もう》かったらしいな。で、いつ終わる？」

「おそらく、人間が負けるまで。チェスでもそうでしたから」

そう答えると理事達は、一枚の用紙とペンを鍵谷の前に差し出し、病室を出て行った。来年のコンピュータ戦のための契約書なのだろう。

病室に二人残される。

七海は鍵谷の傍《そば》に寄り、強い口調で言った。

「来年はもっと強くなるんだよ？　きりがないじゃない……」

何のためにあれだけ苦労して、ヘックスに勝ったというのか。来年無惨に負けてしまえば、鍵谷が積み重ねてきたものはどうなってしまうのだ。七海の頭の中に「不毛」という言葉が浮かんだ。

コンピュータ側に本質的な敗北は訪れない。棋士は超絶のパフォーマンスを行い、勝ち続けても、たった一度負けてしまえば、それで終わってしまう。不公平な勝負だった。

いや、これは最早勝負とは言えない別の何かだ。

「承《う》けるよ。果てまで行こうじゃないか」

そう言う鍵谷の目は危うく輝いていた。

七海はそんな彼を抱きしめる。

「戦うのはわかった。でも、どこかに行ってしまうなんて言わないで」

七海は消えそうなサラの手を取ってやることができなかった。そして、今度は鍵谷までもが消えて、どこか遠い世界に行ってしまうような気がしていた。消耗しているとは言え、鍵谷の体は大きい。今度こそ離したくないと思った。

鍵谷は何も答えなかったが、振りほどこうともしなかった。

「本当に……、消えたら許さないから」

七海はそう言って、ゆっくりと鍵谷から離れる。

このまま胸を押し当て続けていたら、心の声まで聞かれてしまいそうな気がしたから。

――本当に欲しいものは手に入らない。絶対に手に入らないからこそ、狂おしいほどに欲しくなる。

自分はこの男が好きなのだ。好きになってしまったのだ。でも彼の心は、遠く白川粋や護池サラ、将棋の深淵《しんえん》へと向いている。そこに七海の入り込む隙間《すきま》なんてない。

鍵谷のコンピュータ将棋との戦いと同じように、七海の恋もまた不毛なのだ。

将棋だけでなく、男さえもサラの後を追ってしまうのか。七海はつくづく自分の人生と、サラの人生との重なりに、奇妙な感慨を抱かざるを得ないのだった。

7

鍵谷とコンピュータの戦いは、三年間、計二十局行われた。

鍵谷はその間、名人戦で芥川正純と石黒の挑戦を受け、どちらも四勝二敗で退けている。名人戦と対コンピュータ戦以外の棋戦は不出場を決め込んだ。一年目にヘックスに勝ったからこそ通った、鍵谷の我儘《わがまま》である。だから「年八勝で暮らす男」と呼ばれた。名人戦の四勝と、対コンピュータ戦での四勝で、将棋界で一番高い賞金を獲《と》る棋士になっていたからだった。

ヘックスに勝利し、退院してすぐ、鍵谷は以前にも増して将棋にのめり込んでいった。来年、名人の前に立ち塞《ふさ》がるのは、今回の鍵谷の新構想を織り込み済みのソフトになることが確実で、今回と同じ手は通用しない。粋やサラと視た世界がまだ残っているとは言え、今度は二人の力を借りずに自分で切り拓《ひら》いていかなければならなかった。

人間がいくら新しい手を考え、ぶつけても、機械仕掛けの化け物はそれを吸収し、糧《かて》にして成長してしまう。公の場で勝てば勝つほど苦しくなるというジレンマがあるのだ。

二年目も何とか四勝三敗で凌《しの》ぎ切ったが、残された独自研究は後僅かとなっていた。部屋の中でのたうちまわり、呻吟《しんぎん》する鍵谷を見るのは苦しいものがある。七海はできるだけ鍵谷を外に連れ出し、一緒に大阪や神戸の街を歩き続けた。鍵谷がかつてサラにしてやっていたことと同じ役割である。ひたすら無言で歩き続ける鍵谷の後を追い、彼が閃きの奇声を発すれば周りに頭を下げた。女性棋士としての対局がある日は、夏緒や須田にお目付け役を頼む。頼みもしないのに芥川父子がやってきた時は驚いたが、彼らにも鍵谷英史という人間に対する並々ならぬ関心があったのだろう。

鍵谷に異変が起こり始めたのは、三年目の夏のことだった。

研究部屋に閉じ籠《こ》もったまま出てこないのはいつものことだったが、その時はあまりに長過ぎた。もちろん、七海も一緒にいる時は三時間おきに様子を見ているので問題ないはずだった。鍵谷が正座をし、宙を見たままの姿勢で固まっていることに気付いたのは三度目に確認した時のことだった。朝から九時間、一切姿勢を変えていなかったのだ。

七海は鍵谷の元に駆け寄る。心臓は動いているし、息もしている。目は開いており、眠っているわけではない。しかし、意識だけはどこか虚《うつ》ろだった。救急車を呼び、すぐに病院に行った。

病院に着いた頃には、鍵谷は意識を取り戻していた。医者は少々苛立《いらだ》たしげに過労だと言い、ゆっくり休むように忠告する。こんなことで、救急車を使われては迷惑ということだった。

マンションに帰り着いた鍵谷は暫く呆然《ぼうぜん》としていたが、七海を傍に呼んで先程の異変のことを語り始めた。

鍵谷は七海に、自分は世界の向こう側を視たと告げた。

七海は鍵谷が何を言っているのかわからず、彼がおかしくなったのではないかと狼狽《ろうばい》してしまう。

「世界の向こう側って……あなた、何を視たの？」

「わからない。だけど、向こう側に粋とサラの気配がしたんだ」

限界まで将棋に没頭し、先の先まで読んでいこうとすると、あるところでストップがかかる。脳の許容量を超えさせないための関所のようなものが存在しているのだ。たぶん、それが「神様の抜け道」なのだ。鍵谷はそこにかけられた閂《かんぬき》を外し、一人でその向こう側を見てみようとしたのだという。

しかし、その瞬間、辺りは白い闇に包まれ現実世界が消失してしまったらしい。鍵谷は意識が飛んでいる間、闇の中、必死に粋とサラの姿を探し求めたのだそうだ。気配はするけれど、実体を摑むことはできない。

「目覚める前に粋の声を聞いたんだ」

——見つけてくれてありがとう。でも、ここはまだ英の来る場所じゃない。

そして、病院で目を覚まし家に帰ると、悩みに悩み尽くしていた局面のその先が視えていたのだという。臨死体験に似たエピソードだった。

「お願いだから、もうその扉の向こうに行かないで」

七海は震え、涙をこぼしながら言った。鍵谷は黙って頷く。

七海は知っていた。鍵谷はもう一度その領域に行く。いや、コンピュータに勝つためなら何度でも行くのだろう。

「サラは帰ってくるんだからね。無理はしないで」

鍵谷はまた頷く。

嘘だ。彼はもうこの世界に興味など持っていないのだ。彼が愛したサラは思い出の中の少女なのだ。今、この世界のどこかにいるサラには最早興味を抱いていないのかもしれない。

彼にとって七海がこの世界に居続ける理由になってくれていれば、どんなによかっただろう。素晴らしかっただろう。でも彼は世界の向こう側に惹かれつつある。

辛《つら》い恋だった。

鍵谷はそれからも、たびたび倒れたが、もう七海にその間の出来事を語ってはくれなかった。

三年目、最後の七局は死闘だった。鍵谷は自分だけの研究を絞り尽くし、生身のままでソフトと対峙《たいじ》しなければならない。ソフト側も進化を続け、一年目のヘックスと比べ二倍強いという触れ込みである。鍵谷が提示してきた「芥川体系の外側の世界」への対応も、ほぼ完成していた。

――一片の憂《うれ》いもない！

桂木から後を継いだ研究チームはそう宣言した。桂木は二度の敗北と、あまりにも挑発的過ぎた言動のために、チームを外されていたのだ。結局彼は、彼が自らの人生において一番望んでいたであろう「自らの手によって将棋を殺す」ということを叶《かな》えられなかったのである。七海はざまぁみろ、とは思わなかった。彼も人生においてどうすることもできない望みを抱いてしまった哀れな人間だったのだ。七海と同じ穴のムジナなのである。

鍵谷に勝ち目がないと思われながらも、勝負は一進一退が続いた。

用意された三日間のうちの一日を一手も指さず半昏睡《はんこんすい》状態の中で過ごした局が三局あり、鍵谷はその三局を何とか勝ち切ったのである。世界の向こう側に行って、天から神様の一手を掴みとってきていたのだろう。そうとしか思えない、奇跡的な手順の妙で勝ちを収めたのだった。

三勝三敗で最終局を迎える。

最早、人々の関心は、人間とコンピュータのどちらが強いか？　という点にはなかった。コンピュータが人間を遥《はる》かに超えていくことは、明らかであり、歴史の法則であると知り始めていた。

人々が興味を持ったのは、鍵谷英史という人間だった。何故この人間はソフトに対して圧倒的に棋力で劣っているにもかかわらず、勝ち続ける？　情熱を燃やし続けられる？　絶望に陥ってしまわない？

鍵谷に対する棋界や世間の評判は、当初決して高いものではなかった。名人の座に就いた時も、相応しくない人間がトップに座ってしまった――という評価だった。一年目、ヘックスに勝利を収めた時でさえ、過去の白川粋や護池サラという大天才達の構想を剽窃《ひょうせつ》した結果だと陰で囁かれていたのである。

しかし、三年目の第七局を迎えたこの瞬間、棋界の全ての人間が鍵谷の応援にまわっていた。ここまで来て初めて、鍵谷は史上に残る大天才と認められていたのである。七海も彼と出会ってから長い間、どうして白川粋や護池サラが彼を慕い、彼に懐いたのかと不思議に思っていた。自分達の天才を、秀才である鍵谷に読み解かせるためだったのではないか、と邪推したこともあった。

違っていた。

彼らは鍵谷英史という天才に、そして彼が持つどうしようもない情熱に引き寄せられたのだ。痛々しいほどに繊細で、誰かの助けなしには前に進むことができない男。だけど、銀の涙を流すことができる者。それが彼だった。

最終局の三日目、昼をまわったところで、鍵谷の優勢。いかにも決め手が出そうな雰囲気の局面である。この将棋に勝てば、三年連続の撃退になる。その後の歴史がどうなったとしても、人間の持つ素晴らしさは永久に語り継がれることであろう。

七海は控室のモニターの前でただ祈る。

──私の想いは届かなくていい。彼の想いを叶えてあげて！

だが、神はあまりにも残酷な存在だった。

鍵谷は将棋を覚えたての子どものような笑みを浮かべ、駒台の銀を摑んだ。決め手の銀打ち。彼は一体どこに銀を置こうとしているのか？

──5五だ。

七海は直観した。初めて鍵谷とサラが心を通わせた時、サラは5五に銀を指示したのだ。そんな奇妙な符合は普通ならばないのかもしれない。だが、彼らは普通ではない。

──打って。決めてしまって。そうしたら……。

鍵谷の理想、ロマンは天上の粋やサラにあるのだろう。だけど、地上の想いだけは私に分けて欲しい。それでいい。彼の傍で将棋を指し続けられたらもう何もいらないんだ。

しかし、彼の銀は盤上に届かない。

鍵谷は銀を人差し指と中指に挟んだまま、固まり、忘我の境地に入ってしまっていた。

「そっちへ行っては駄目！」

七海は叫ぶような声を上げ、控室を抜け、対局室へと走った。

関係者を押しのけ、部屋の前まで辿り着く。

「入れてください。このままじゃ鍵谷が、鍵谷が帰ってこられなくなる！」

喚《わめ》く七海の言うことを誰も聞こうとしてくれない。

代表理事が現れて諭す。

「これまでの対局でもよくあったことじゃないですか。名人はこの状態から目覚めると、絶妙手《ぜつみようしゆ》を指す。もうあと一歩というところまで来ているのです。黙って見守ってあげましょうよ」

正論だった。

近くにいた芥川も黙って首を振る。言い返す論理を七海は持たなかった。

でも、嫌な予感がするのだ。ちょうどサラが三保の松原で消えてしまう直前に感じた感覚と同じもの。

鍵谷はまだ戦っている。七海が途中で口を挟むことは、プロとして、将棋を指す者として許されるべき行為ではない。第一、鍵谷本人が望まないであろう。

七海は自分の無力さに打ちひしがれた。

そして、五時間が過ぎる。

振り上げられた鍵谷の手は、結局、最後まで盤上に下ろされることはなかった。

名人対コンピュータの三年目の戦いは意外な形で決着がついた。

『第七局、鍵谷名人の時間切れによりヘックスⅢが勝ち、四勝三敗でコンピュータの勝利』

幻の５五銀は盤上の露と消えた。

グランドフィナーレ。

人間はこうして、コンピュータの前に敗れ去ったのである。

エピローグ　銀の涙を探しに

名人対コンピュータという歴史的イベントは、鍵谷敗北の翌年からは開催されないことが決まった。幕切れがどうであれ、名人を負かしたのだし、コンピュータが人間よりも強いことは、誰もが認める常識になっていたのだ。

そして、開催中止の一番大きな理由は、人間の代表という看板を背負った戦いが棋士の精神に過大な悪影響を及ぼしてしまうことに、深い配慮ができなかったことによる。

コンピュータは壊れても直せるが、人間の心はそうはいかない。

きっと、コンピュータと互角に戦おうとした時、人は人ではいられなくなるのだろう。

足かけ三年の鍵谷のソフトとの対局は、棋士や将棋界を守る結果となった。将棋界をよく知る者で、人間がコンピュータに劣るからと言って棋士を軽蔑《けいべつ》する者は少なくなった。桂木が示唆していたような、ソフトに負ける棋士達には金を払う価値がなくなり、スポンサーは撤退していく――という状況もまだ起こっていない。そのような現象が起こるとすれば、棋士達が慢心を続けた時か、業界構造が大きく変わる時であって、将棋というゲームの価値とはまた別の問題なのだろう。コンピュータを研究パートナーや、師匠にするという新しい世代の新しい流れも出てき始めている。よかれ悪《あ》しかれ、将棋界は新時代に突入したということだ。

鍵谷は、ソフトとの最終局が終わってから一年が経つのに、半昏睡《はんこんすい》状態のまま目覚めなかった。音や光などの刺激には反応するが、意識はこちらの世界にはないという容体である。やはり、鍵谷の精神はあの時に、向こう側の世界に行ってしまったのだ。

七海は毎日のように病室に通い、車椅子《くるまいす》に座り虚《うつ》ろな目で宙を見続ける鍵谷を眺めている。涎《よだれ》を拭《ぬぐ》うこと、食事の補助、車椅子で病院の庭を回ること……。やるべきことはいくらでもあった。

妻でもなく、恋人だったわけでもない。戦友で、ただ一方的に好きだっただけだ。

そんな鍵谷も、ある種の言葉にだけは反応し、たどたどしく答えを返してくれることがある。

それは、将棋の言葉だった。

「7六歩《ふ》」と耳元で囁《ささや》けば、稀に「3四歩」と返してくれることがあり、暫《しばら》く言葉のキャッチボールを続けることができた。しかし、そのやりとりも十数手程度で途切れ、再び長い沈黙の中に沈んでしまう。

担当医の説明によると、鍵谷の症状は脳機能障害の一種であるらしい。病名が存在するものでは、嗜眠性脳炎《しみんせいのうえん》の症状に似ているという。しかし、ＣＴスキャンをしてみても、目に見える形での損傷は見受けられないということだった。

原因不明——。人間の脳の働きについては、現代医学でもまだ解き明かされていない領域が残っているのだ。

「心理的アプローチがまだ有効ということかもしれません。よく話し掛けてあげてください」

医者の言葉に勇気づけられ、七海は一年が経った今でも様々な言葉を投げ掛け続けている。

だけど思うのだ。

――私じゃなくて、サラが帰ってきて将棋の言葉をかけてやれば……。

王子の口づけを受けた白雪姫のように、鍵谷は目を覚ますのではないか。向こう側の世界から、こちら側に戻ってくるのではないか。

そんな思いに囚《とら》われそうになるたびに、七海は一人首を振る。

もう、影を追うことはしないと決めたのだから。

七海のマンションの一室は、鍵谷がいた頃のままにしている。定期的に掃除はするものの、置かれているものに手を付けたりはしていない。鍵谷が目覚めた時に、以前と同じ状態ですぐに使えるようにしておきたかった。

その六畳間には、将棋盤と、デスクトップパソコンと、二百数十冊に及ぶ研究ノートが置かれている。

デジタル化が進む将棋界で、鍵谷は頑《かたく》なに手書きのノートを作り続けていた。白川粋のノート、サラとの共同研究ノート、それから七海と出会ってからの研究ノート。それは彼らが残した棋譜と同じぐらいに、大切なものだったに違いない。

山と積まれたノートの前に正座して、七海は迷っていた。

先日、鍵谷を見舞いに来た芥川慶一郎が、ある頼みごとをしてきたのだ。

芥川は頭を下げて言った。

「鍵谷君の研究をまとめて、公開して欲しい」

「それをしてしまうと、鍵谷がもう目覚めないみたいで……。それに、私にそんな力があるかどうか……」

戸惑う七海に構わず芥川は続けた。

「これは君の仕事だ。助けが必要なら、何事にも優先して協力する。今度は君が繋《つな》ぐ番だ。君は彼に選ばれたんだ。よろしく頼む」

そして、それ以上は語らずに病室を出て行った。

結局、迷いに迷った末、七海は膨大な数の鍵谷のノートを初めて開くことを決めた。恐る恐る、ページをめくっていく。そしてすぐに魅入られた。

そこには、決して綺麗とは言えないが、丁寧な文字で一つの世界が綴《つづ》られていたのである。

宝石のような将棋のアイデアは、飛躍し、ノート全体に分散し、まるで読み手の解釈を拒絶しているようだった。これまで鍵谷から口頭で発想を聞かされ続けていたが、改めて文字は偉大だということを感じさせられる。散文ではなく、詩に近い印象を受けた。それは人を惹《ひ》き付けて止《や》まない迷宮で、一度読みだすと止めることができない。鍵谷がノートに描かれた世界の向こう側にいるという錯覚すら覚えてしまう程だった。

このノートは一番近くに居続けた自分以外には読み解けないに違いない。鍵谷自身も、白川粋のノートを受け継いだ時、こんな気持ちだったのだろう。すぐに理解することはかなわないので、全体像を整理することから始めなければならなかった。

整理を始めてから五日目、七海は将棋の符号が書かれていない数冊のノートを発見する。それは森の中に木の葉を隠すかのように、ノートとノートの間に挟んで置かれていた。

表紙にはただ「サラ」とだけ書かれていた。ぱらぱらとページをめくると日記のようである。サラが失踪《しっそう》してから、七海と共にヘックスに立ち向かい始める頃までの六年間が書かれていることが、日付からわかった。

他の研究ノートと同じように、最初から一通り目を通していこうとして手が止まる。

——私が読んでいいものだろうか？

そこには鍵谷のサラへの個人的な想《おも》いが綴られているのかもしれない。七海についても何か書かれているのかもしれない。都合よく利用していただけだったということが、正直に書かれているのかもしれない。

——それでもいい。私の気持ちは変わらない。

七海は覚悟を決めてノートのページをめくっていく。

そこには、七海が想像すらしなかった「真実」が記されていた。


俺にはやらなければならないことがある。

サラのことを書くのは、今日が最後だ。

サラが消えてから六年間、その影を追い続け、俺は一つの結論に辿《たど》り着いていた。でも、それを認めたくなかった。認めることができなかった。

昨日、北森から、サラが消える直前に言っていたという言葉を聞いた。

「銀の涙を探しに……」

サラはそう言ったのだそうだ。

俺には、俺だけにはその言葉の意味が理解できる。サラは将棋に別れを告げ、全く違う新しい人生に向かって足を踏み出したのだ。彼女は完全に俺の手を離れ、巣立っていった。

だから俺も、自分が導き出した結論を認めるべきなのだ。

サラはあの時、将棋の才能を喪失していた。


サラが失踪してから四年が経ったある日、俺はその仮説に辿り着いた。もしそうだったとすれば、あの頃のサラの不可解な言動に全て納得がいくと気付いた。それは、俺が仄《ほの》かに抱《いだ》いていた、彼女に対する恋愛感情にとって、都合のいい仮説なのかもしれない。だが、他の可能性は考えられなかった。

サラが俺との研究を頑なに避け続けたのは、自分の才能がなくなりつつあることを俺に気付かれたくなかったからではないか？

全く研究をせず、遊びまわり、公式戦でもやる気無さげに指していたのは、才能の喪失を隠すための演技だったのではないか？

サラを初めて部屋にあげた時、俺はこう言った。

「将棋は俺達を出会わせてくれた。俺とお前と将棋は引き離すことができない。分けて考えるのは無理だ。俺はお前が大好きで、一生一緒に将棋を指して、物《もの》凄《すご》い場所を、風景を一緒に見たい。——お前は、どうだ？」

サラは逃げるように出ていき、関係は終わった。俺はどうして彼女に嫌われたのかわからなかった。

でもサラが将棋の才能を喪《うしな》っていたと考えれば、当然のことではないか。

冷静になって、この仮説の下、サラの公式戦での棋譜を調べていくと、彼女の将棋が徐々に輝きをなくしていっていたことがよくわかる。やる気の無さで片付けられていたが、おそらく最後のほうは初心者同然の棋力しか持ち得ていなかったに違いない。それでもプロ相手に、将棋の形を作ることができていたのは、きっと裏で血のにじむような努力をしていたからなのだろう。

彼女は、いつか自分に以前のような才能が戻ってくるのではないか、という淡い期待を抱きながら、ぎりぎりまで将棋界に残り続けていたのだろう。

でも、それは叶《かな》わなかった——。

確かに納得することができるが、この仮説で気にかかったのは、「人が後天的に才能を喪失することは有り得るのか？」という素朴な疑問だった。

サラの才能の源は「共感覚」にある。それは先天的なもので、後から喪われてしまうなんてことは起こり得ないはずだ。

俺は大量の本を読み漁《あさ》り、専門家に話を聞いて、一つの理論を導き出した。

俺はそれに「楽園喪失仮説」と名前を付けた。

サラは十七歳の頃から、かなり明確な自意識を持ち始め、俺と会話のキャッチボールができるようになった。サラの棋力の低下はその時から始まっていた。

つまりこういうことだ。

サラは自意識や複雑な感情の獲得と引き換えに、将棋への共感覚能力を喪っていった。

聖書では、狡猾《こうかつ》な蛇にそそのかされ、禁断の知恵の実を食べたアダムとイブが神によって楽園を追放されるというエピソードがある。サラにもそれと同じことが起こった。

旧人類は、かつて全員が共感覚を持っていたという学説もある。彼らは言葉を獲得し、明確な自意識を得て、大きな文明社会を作り上げていく中で、その特殊な能力を喪っていったのだという。ある時を境に、神々は沈黙した。

彼女は将棋という楽園を追放されたのだ。

それでも、確証が欲しい。

俺は、新幹線の中でサラが熱心に読んでいた付箋《ふせん》だらけの本のことを思い出した。俺に気付くと彼女は咄嗟《とっさ》にそれを隠したのだ。あの時は、彼女があんな本を本気で読んでいるとは思いもせず、テレビ番組の予習か何かだと思い込んでいた。

『強くなる将棋入門　アマ初段までの最短コース』

彼女が読んでいたのは、そんな本だった。俺は、そこに何かが残っているのではないかと考え、探し歩いた。義父の瀬尾がかつて指導していた将棋教室を訪ね、寄贈されていないかを確かめた。二人が過ごした街の図書館を調べ、古書店をまわった。でも、そんな本、どこにもなかった。もしかすると、捨ててしまったのかもしれない。いや、どこかにまだ彼女との繫がりが残っているはずなのだ。そう信じたかった。

そして俺は、ネットの古書注文サイトで同じ本を片っ端から買い占めていった。それでも駄目なら、全国の古書店をまわるまでだ。無駄な努力なのかもしれない。でも俺は、不可能なことに全てを懸けてみたかった。次々と送られてくる古書が、部屋の中央で山積みになっていく。何か途方もなく、見当違いなことを続けているのではないだろうか。

諦《あきら》めかけていた八十一冊目で、奇跡的にそれらしき本が俺の元に届いた。

手垢《てあか》にまみれ、剝《は》がした付箋の跡が残るその本からは、必死に将棋を暗記しようとしている彼女の姿が感じ取れた。ところどころ、行間に一度消しゴムで消された文字の跡のようなものが見えたので、俺はその上を鉛筆で塗り潰《つぶ》した。塗り潰し続けた。

それは時を越えて、浮かび上がった。


「隠さなきゃ、嫌われる。将棋のないわたしに意味はないから」

「将棋の勉強って、こんなに辛《つら》いものだったの？」

「鍵谷とずっと一緒の世界にいたい」

「戻るよね。視《み》えるようになるよね」

「鍵谷が、七海が羨《うらや》ましい」

「ねぇ、神様。感情なんて、いらなかったよ……」

「でも鍵谷が……好き」


サラの字だった。なんということか。

事実を受け入れよう。サラも北森も自分の道を歩き始めた。

サラを探すのは終わりにする。自分のやるべきことをやる。それだけだ。


最後のページを読み終えると、七海は全身から力が抜けてしまった。

――サラが将棋の才能を失《な》くしていた。

それは七海の中で、盲点になっていた考え方だった。

最後のノートの最後のページで、鍵谷は初めて自分の仮説に確信を得たように書かれているが、それまでの六年間の日記の中で、ほとんど証明がなされていると言ってよかった。サラの棋譜の徹底解析から、一緒に過ごした日々の彼女の些細《ささい》な仕草までを記し、その全てが彼女の才能喪失で説明できることを書き連ねていたのである。サフと少しでも関わったことのある人達を取材し、裏取りも済ませてあった。そして、最後の古本が決定的だった。

鍵谷の日記で説明し得ないことは、サラが鍵谷との最後の対局で全盛期を超えるような神懸かった将棋を作り上げたことだろう。才能を喪失していたとすれば、あり得ない出来事だったはずだ。

しかし、あの日、対局を傍《そば》で見ていた七海には理解できる。

あの日、一日だけ、サラに将棋への共感覚が戻ったのだ。彼女の人生で奇跡というものがあったとするならば、鍵谷との絶局の日が唯一そうであったのだろう。

七海はサラが「銀の涙」という言葉に込めた意味を想う。

彼女はある日気が付けば将棋を指していた。意識的な努力をすることもなく、指せば盤上に天才的な輝きを表現した。「柔らかな香車《きょうしゃ》」と言われるように、彼女は感覚で盤上を自由に駆けることができた。サラが将棋を選んだのではなく、将棋が彼女を選んでいたのだ。

はっきりとした自意識に目覚め、少しずつ才能が喪われていく中で、サラは自分が持っていないものに気付いたに違いない。そのことに気付くまで、複雑な感情を獲得した分、きっと地獄の苦しみを味わい続けただろう。

「銀の涙」は、彼女が持っていた才能と、反対の意味を持つ言葉だった。何かに対する、強い想いや情熱。サラが鍵谷との初対局で駒《こま》に視た涙は、鍵谷の将棋に対する強い熱だったのだろう。

彼女は自分の人生を自分で選んでこなかった。七海が十四歳の時に立っていたスタート地点に、彼女は辿り着いていなかった。だから才能を喪った彼女は、自分の人生における銀の涙を探すために旅立たなければならなかったのだ。

何も告げずに鍵谷の前を去ったのは、どういう理由だったのだろう、と想像してみる。好きだった男の心に、自分のことを永遠に刻み続けるため――だとすれば、なんといじましく残酷な恋心であることか。あるいは単純に、自分と男の繋がりが完全に失われてしまう言葉を、「さよなら」以外に見つけられなかっただけなのかもしれない。

旅立ってから十一年が過ぎた今、彼女は彼女だけの銀の涙を見つけることができただろうか？

七海は幸運を祈ることしかできない。

そして、もう一点だけ鍵谷の日記でわからないところがある。

それは鍵谷英史という人間についてだ。

鍵谷はコンピュータ将棋「ヘックス」と、持てる力の全てを懸けて戦い、人間としての生を喪った。彼はサラを元型にしたソフトに、将棋を殺させるわけにはいかないと言っていた。サラが戻って来られる世界を守るために戦うと言っていた。それが彼が戦う強い動機だったはずだ。

しかし、それは鍵谷が日記で書いていたことと矛盾している。彼はサラの才能喪失に気付いていて、将棋界に戻ってくる可能性がないことを知っていた。

鍵谷は嘘《うそ》を吐《つ》いていたのだ。

いたたまれなくなった七海はマンションを飛び出し、タクシーを呼び止め、鍵谷の眠る病室へ向かった。答えてはくれないだろうが、直接問いかけてみたかったのだ。

――どうして嘘を吐いたの？　と。

病室に着くと、鍵谷はベッドの上で相変わらず宙を見て、口を半開きにしていた。

七海は傍《かたわ》らの椅子に腰掛け、ゆっくりと話し掛ける。

「あなたは、何のために戦ったの？」

声に反応して瞳孔《どうこう》が僅《わず》かに動いただけで、特に他の反応はない。

「どうしてあそこまで頑張れたの？」

七海は布団の端を強く握り、歯を食いしばる。彼は自分のことを何とも思っていなかったのかもしれない。

でも、知りたかったのだ。同じ棋士として、彼を愛する者として、彼を理解したかった。

俯《うつむ》いていると、鍵谷の口から声がこぼれる。

「……５五銀」

時折、ランダムに呟《つぶや》かれる鍵谷の「寝言」だった。

その瞬間、七海は思い出していた。

一年前のヘックスとの最終局、決め手の５五銀を指そうとする前の鍵谷は、確か微笑《ほほえ》んでいた。厳しい勝負の場には似つかわしくない、子どものような無邪気な笑顔を見せていたのだ。

七海は三年間のコンピュータとの戦いが、鍵谷にとって苦痛の連続だったと思い込んでいた。精神を擦り減らしながら、それでも耐えて頑張っているものだと思っていた。

でも違った。苦しいだけならあんな表情を浮かべることはできない。

七海は今、はっきりと鍵谷のあの時の感情を理解していた。

鍵谷はヘックスとの対局を楽しんでいたのだ！　ヘックスとの対局について、七海が思い浮かべることができるのは、彼の楽しそうな表情ばかりだったのである。

当然ではないか。

ヘックスは彼らの前に立ちはだかる魔王であり、鍵谷は勇者として白川粋や護池サラとパーティを組んで戦っていたのだ。ソフトとの限界を超えた死闘だけが、彼の地上の楽園だった。

子どもの姿に戻った三人が、一つの盤の前でああでもないこうでもないと駒を動かしながら、楽しそうに話している。サラが提案した突飛な手を粋が窘《たしな》め、鍵谷が別の冷静な一着《いっちゃく》を提示する。日は暮れてカレーの匂い。あの頃、世界は楽園だった。有り得なかったはずの思い出が、鍵谷の脳内で再生されていたのだろう。

そして、そのままこの世界を捨て、神様の抜け道を通り、向こう側の世界に行ってしまった。

コンピュータに勝ち続けることが彼の目的ではなかった。サラが戻って来られる世界を守ることも目的ではなかった。

大切な者達と共に、最強の敵と戦うことそのものが目的だったのである。子どもの頃に夢見た楽園で、永遠に暮らすために。
——本当に欲しいものは、人生において絶対に手に入らない。
そう信じて生きてきたが、目の前にいる忘我の男はそれを手に入れてしまったらしい。
七海はそんな鍵谷を少し羨ましく思ってしまうのだった。

病室の窓から、穏やかな晩春の風が流れ込んできている。
桜は散り、力強い緑が芽吹きつつある。
七海は静かに、早過ぎた春の時代の終わりと、夏の始まりを感じていた。

解　説

瀧　井　朝　世

どの分野においても、多くの人は天才を羨《うらや》む。では本当に天才がいるとして、その人は何を求めるのか。そして何を恐れるのか。

本作『サラは銀の涙を探しに』は二〇一一年に小説すばる新人賞を受賞した著者のデビュー作『サラの柔らかな香車《きようしや》』の続篇にあたる。二〇一四年に単行本が刊行され、本作はその文庫化である。

サラは金髪碧眼《きんぱつへきがん》の一人の少女だ。幼い頃に母親とともにブラジルからやってきたが、脈絡のない言葉を口にするだけで人とのコミュニケーションがほぼ不可能。だが、プロ棋士を目指して挫折した男、瀬尾《せお》が彼女に将棋の才能を見出《みいだ》す。サラは盤上に〝景色〟を視《み》る共感覚の持ち主で、予想外の駒の指し方で棋士たちを圧倒する天才だったのだ。前作は彼女と同世代の北森七海《きたもりななみ》、さらにすでにスター女流棋士である萩原塔子《はぎわらとうこ》の来し方にも話がおよび、その三人の女性と周囲の男たちとの青春と成長の記録であった。主要人物はもちろん、彼らを追う記者の視点も交錯し、時系列も前後する複雑な構成のなかで人の「才能」が開花するエキサイティングな過程、「才能」対「努力」という本質的なテーマにも迫る内容で、これが新人のデビュー作かと周囲をうならせたものだ。

第二作である本作では視点人物は絞られているが、時系列を入れ替えながら、人物たちの人生を立体的に浮き上がらせてくる手法は相変わらずの巧《うま》さ。中心人物は北森七海と、前作でサラとの対局で敗北した際、人前で涙を流した男性棋士、鍵谷英史《かぎやひでふみ》である。

かつてサラに敗れ、一度は棋界から去ったものの再起して女流棋士となった七海。ようやく再びサラへの挑戦権を得たものの、対局直前にサラは「銀の涙を探しに」という謎の言葉を残し失踪してしまう。不覚にも不戦勝でタイトル保持者となった七海は劣等感を克服できず将棋も不調のまま、サラの行方を気にしていた。ある時、ネット上にサラと似た将棋を指すプレイヤー「ＳＡＲＡ」という存在がいると知り、逡巡《しゅんじゅん》ののち対局を挑む。最初は負け越していたものの次第に勝ち越すようになり、並行して奨励会でも勝ちが続き、女性ではじめてのプロ棋士となる。サラに個人的にコンタクトをとろうともするが、連絡をよこしてきたのはサラではなく鍵谷だった。彼とともにある場所を訪れた七海は、「ＳＡＲＡ」の意外な正体を知ることに。さらにはサラと鍵谷の長年にわたる関係も明かされ、前作での鍵谷の涙にも、予想外の意味があったことが分かる。

七海も鍵谷も、もちろん才能はある。ただ、彼らは自分たちが及びもしない、天才としか言いようのない存在によって打ちのめされた身だ。それと同時に触発され、おのれの将棋を築いてきた二人でもある。今回、そんな彼らが挑むことになるのは、天才すら超えているかもしれない頭脳の持ち主――人工知能（ＡＩ）である。

人間対人工知能の対決といえば、一九九七年にチェスの対決で世界チャンピオンがＡＩに負けた時は大変な話題となった。以来さまざまな分野でＡＩ対人間の対決は行われている。将棋は持ち駒など複雑なルールがあるためまだまだ人間有利とは言われていたが、二〇一二年から毎年行われている電王戦では人間が苦戦している。今回、コンピュータに挑むのは鍵谷だ。彼がどのように自分を律し、対決に挑んでいくのかは本作のクライマックスでもある。そしてその結末も。

コンピュータと人間、どちらが強いのかがまったく気にならないわけではない。ただ、将棋をまったく知らない読者でも、読み進めていくうちに、勝つことと、美しい一手で人々を魅了《みりょう》することは、また少し違うのではないかと感じたのではないだろうか。棋士たちはみな、がむしゃらになってでもとにかく勝とうとしているよりは、自分の組み立てた展開、相手を圧倒するような一手を目指して盤面に向かっている印象だ。将棋とは勝敗だけではなく、「どう勝つか」という美学も重要な競技でもあるのだ。スポーツの場面においてもよく「記録よりも記憶」と言われるが、将棋にもその側面はあるのだろう。

そして、ここまで歴史のある競技なのにまだまだ開拓されていない戦略があるというのだからその奥深さに圧倒されてしまう。コンピュータがまだ会得していない手を探すために身をやつす鍵谷は、まさに求道者である。

その姿こそが、美しい。AIとの対局に向けての準備期間のことだけでなく、少年時代の鍵谷と天才少年とのエピソード、鍵谷とサラが将棋に打ち込んだ時期、また七海がネット上の「SARA」との対決のなかで自分自身を見出していく過程など、彼らが純粋に将棋に魅せられ、無心で邁進《まいしん》していく姿にはまぶしさすら感じられる。彼らは本当に自分が打ち込めるものを見つけ、勇気をもって足を踏み入れ、付随してくる面倒な人間関係や勝負へのプレッシャーにさらされながらもそれを乗り越えて、未知の世界を探検していく。簡単に言ってしまえば、ここまで心血を注げるものを見つけられた彼らが、素直に羨ましいというのが正直な感想だ。将棋を愛し、将棋からも愛され、その中で未知の領域を切り開き、自分の世界を構築していく。その側面からすれば、コンピュータとの勝負など関係なくも思えてしまう。ただし七海がネットで自分を鍛え、鍵谷がAIとの対決のために自分の限界を超えていったように、人工知能の存在は決して悪ではなく、人間の才能をより開花させるものとして、役立つ印象を受けた。

そしてその先に、彼らが見つけるのは何か、というのも本書の大きなテーマだ。努力家であると同時に天才型でもある鍵谷がさらなる高みにいこうとした時に、そこには危険もともなう。なぜならそれは、神の領域に足を踏み入れることになるのだから。それは人間には許されるのか？　終盤、鍵谷に起きたことは哀《かな》しく切ない。ただ、天才にしか知りえない領域を目指して、それを踏み越えた彼は不幸だったと言えるだろうか。

この結末に複雑な思いを抱く人は多いだろう。それでも、心の片隅で憧れを感じたりはしないだろうか。この世界では知りえない深淵《しんえん》をのぞくこと。この世界のルールにとらわれない生を勝ち得ること。閉塞《へいそく》的で限定的な現代社会に生きるなかで、そんなことを成し遂げた人間がいることに、夢と可能性とロマンを感じはしないだろうか。人類貢献だとか、地位や名声だとか、そんなこととはまったく関係ないものを目指す人間の孤独と幸福がそこにはある気がするのだ。

今回、前作で圧倒的な魅力を放っていたサラの登場場面が少なく、物足りない思いをした読者もいるかもしれない。でもその「サラにもっと登場してほしい」「活躍してほしい」というフラストレーションがたまっていった先に、彼女が姿を消した理由が明かされた瞬間、彼女の心情たるやいかほどのものかと思い当たって胸がつぶれそうになる。自分の努力とは無関係に、たまたま得てしまった才能ばかりに目が向けられることは、決して彼女の承認欲求を満たしてくれるものではなかった。天から与えられたものに振り回されてしまった少女の哀しみを、その不在によって強く伝えるために、やはりこの作品におけるサラの登場場面はこうでしかありえない。

将棋を知らない読者にも、なにか盤上で美しいことが起きているという感覚を抱かせながら一気読みさせてしまう本作。著者の橋本長道《はしもとちょうどう》さんは一九八四年生まれ、中学生将棋王将戦で優勝した経験を持ち、プロ棋士を目指し、新進棋士奨励会に入会するが、二〇〇三年に退会。〇八年に神戸大学経済学部を卒業後、一一年に『サラの柔らかな香車』で小説すばる新人賞を受賞してデビューをはたし、同作は第二十四回将棋ペンクラブ大賞（文芸部門）も受賞している。将棋というモチーフを使いながらも、それに魅せられた人たちの心の動きを丁寧に描き出す筆力は確か。まだ二作しか発表していないが、将棋だけでなくさまざまな題材で書いていける力があることはもう実証されたと言っていい。まあ、この二作の登場人物たちの後日譚もちょっと知りたい気持ちももちろんあるが、まったく異なる題材の作品も読んでみたい。つまりは今後の活躍に期待大、ということだ。

（たきい・あさよ　ライター）